起きたら20年後なんですけど！

～悪役令嬢のその後のその後～

1

登場人物
紹介
フィオリア・ディ・フローレンス
乙女ゲーム「深き眠りのアムネジア」の
ライバル令嬢に転生した、本作の主人公。
「暴風の女帝」と呼ばれるイケメンお嬢様。
毒殺されかけたのをきっかけに、
前世の記憶を思い出すことに。
レクスオール・
メディアス
フィオリアが拾ってきた元孤児。
執事として彼女に仕えている。
モフモフ
フィオリアの飼い犬。
フィオリアが眠っている間に
魔獣へと進化した。

アンネローゼ・
ディ・イソルテ
「深き眠りのアムネジア」のヒロイン。
フィオリア毒殺未遂事件の
黒幕のようで!?
ヴィンセント・
ディ・トリスタン
トリスタン王国の若き王。
幼い頃からフィオリアを憧れ、
慕っている。
グレアム・
ディ・フローレンス
フィオリアの父。
「氷の宰相」として
辣腕を振るっている。

起きたら20年後なんですけど！
～悪役令嬢のその後のその後～

1
目次

プロローグ　二十年前のできごと

公爵令嬢フィオリア・ディ・フローレンスは〝暴風の女帝〟と綽名《あだな》される稀代《きたい》の才媛だ。

父親のフローレンス公爵から領主権限を一時的に預り受けたかと思うと、十六歳の若さにも拘《かかわ》らず、わずか一年で領地改革を成し遂げた。もしもこのトリスタン王国が傾いたとしても、フローレンス公爵領だけは無事でいられるだろう。

さて、その翌年。

フィオリアは休学していた貴族学校に復帰した。

男勝《まさ》りな性格ゆえか周囲の令嬢から熱狂的に慕われており、久しぶりに登校するだけでもキャーキャーと黄色い悲鳴が飛び交った。

「おかえりなさい！　お姉様！」

「領地でのご活躍は耳にしていましたわ！　どうか詳しい話をお聞かせくださいませ！」

「復帰のお祝いにクッキーを焼いてきたんです！　フィオリア様に食べて頂けたらなぁ、って……」

クッキーはどうにも焼き過ぎでほろ苦い味だったが、フィオリアは笑顔のままで食べきった。

せっかく作ってくれたのだもの。

おいしくいただくのが礼儀というものでしょう？

かくしてフィオリアは貴族学校に戻ってきた。

これからは領主代行ではなく一生徒としての生活が始まる。

……はず、だったのだが。


「く………ぁ……――」


その日のうちに思いがけない事態が起こる。

毒を、盛られたのだ。

ただの毒ではない。

東方の暗殺者が使う猛毒で、治療法はいまだ存在しない。

対症療法も効かず、一定量の摂取でかならず死に至る。

フィオリアはすぐさま王立病院へ運び込まれたが、その身体《からだ》は屍《しかばね》のように冷たく、呼吸もヒューヒューと浅いものになりつつあった。

「しっかりして、フィオリア!」

そこに縋《すが》りつく少年が、一人。

名前を、ヴィンセント・ディ・トリスタン、という。

今年で七歳となる、トリスタン王国の第二王子である。

深蒼《ふかあお》色の瞳には、涙が滲《にじ》んでいた。

十七歳のフィオリアにとって、ヴィンセントは可愛らしい弟のような存在だった。

……もっとも、向こうはそれ以上の感情を抱いているようだったが。

「フィオリアがいなくなったら、約束はどうなるんだよ！　ボクが王さまになったら、フィオリアはお嫁さんにきてくれるんだろ⁉　オズワルド兄《にい》からとりかえすつもりだったのに！」

貴方《あなた》って、ほんとうに私のことが好きなのね、ヴィンセント。

ええ、そうよ。

私は貴方の兄、第一王子オズワルドの婚約者だもの。

もし私と結婚したいなら、オズワルドを蹴落《けお》として国王になるしかないわね。

「ボクをひとりにしないで！　おねがい、おねがいだよ、フィオリア！」

悲痛な叫び。

ヴィンセントは第二王子ではあるが、王宮ではひどく冷遇されている。半年前には殺されかけ、いまはフローレンス公爵家で身柄を預かっていた。

そんな彼のそばにいてあげられないのはフィオリアにとって大きな未練だった。

だからこの命が尽きる前に、せめて道標《みちしるべ》となる言葉を遺《のこ》そうとした。

「貴方はこの国の王になるのでしょう？　男の子なら、最後までやり遂げなさい」

震える手を伸ばし、ヴィンセントの、青い髪を撫《な》でる。

「私はここでお別れだけれど、いつも貴方のことを見守っているわ」

「まってよ、フィオリア、まって」

「だいじょうぶ、私はずっと貴方のものよ。心はいつもそばにある」

告げるべきことを告げ終えるのと、限界が訪れるのはほぼ同時だった。

フィオリアはみずからの死を受け入れ、静かに瞼《まぶた》を閉じる――

その寸前。

「おきてください、お嬢様。……こんなの、なにかの間違いでしょう」

ヴィンセントよりはすこし大人びた、別の少年の声が聞こえた。

レクスオール・メディアス。

天涯孤独の育ちであり、あるときフィオリアに見出《みいだ》されて以来、彼女の付き人としてフローレンス公爵家に勤めている。

ヴィンセントより二歳年長で、九歳。

口調こそ淡々と抑えたものだったが、緋色の瞳には隠し切れない動揺が浮かんでいた。

「ほら、目を開けてくださいよ。お嬢様は、フィオリア・ディ・フローレンスなんですよ。たかが猛毒ごときで死ぬわけがない。そうですよね。そうだって言ってくださいよ、お嬢様」

レクスオールの縋るような言葉に、ヴィンセントも続く。

「そうだよ。フィオリアが、このくらいで、死んじゃうもんか」

二人の少年は、祈るような面持《おもも》ちでフィオリアの手を握る。

レクスオールは左手。

ヴィンセントは右手。

フィオリアの手は凍り付きそうなほどに冷たかったが、二人とも、ぎゅ、と握り締める。

……それが、フィオリアの薄れゆく意識を、わずかに繋《つな》ぎ止めた。


毒くらいじゃ死なない、だなんて期待しすぎでしょう、貴方たち。

私のこと、神や悪魔と勘違いしていないかしら。

ええ、でも、そうね。

私は〝暴風の女帝〟フィオリア・ディ・フローレンス。

気に入らないものがあれば、いつも力ずくで吹き飛ばしてきた。

なのにどうして今回に限って、死なんていう不都合を、やたら素直に受け入れているのかしら。

こんな終わり方で納得できる？　自分の人生に満足できる？

……いいえ、まだよ。

まだ、私は生きていたい。

まだ、私にはやりたいことがある。

たかが毒ごときで、この私を止められると思っているの？

だって私は、フィオリア・ディ・フローレンスなのだから。


それはまったく理由になっていない理由だった。

自分だから大丈夫。自分だけは大丈夫。
そんな思い込みには何の意味もない、はずである。
だがフィオリアは、己の意志ひとつで運命を捻《ね》じ曲げる。
全身の魔力が活性化し、冷えた身体に熱が灯《とも》った。
喉が震え、呼吸が始まる。
ほんの少しずつだが、毒素が中和されてゆく。

――そのとき、ふと、頭の奥がジクジクと疼《うず》いた。

まだ生きていたい、まだやりたいことがある、私なら大丈夫。
以前にも同じことを、自分に言い聞かせたような。
ああ。
思い出した。
仕事の帰り、車に撥《は》ねられて病院へ運び込まれたとき。
あのときは結局、死んでしまったけれど。
……えっ？
仕事？　車？　病院？
突如として脳裏をよぎる、知らない記憶。

けれどすべて自分のものだと感じられる。

生まれ変わる前のできごと。

前世の記憶。

その存在を意識したとたん、何かがはじけた。

魔法が存在しない世界、日本という国で暮らしていたころの記憶が、雪崩《なだれ》のように蘇《よみがえ》る。

その圧倒的な情報量はフィオリアを呑《の》み込んでいき——意識をまっしろに塗り潰した。

第一章　暴風の女帝

毒殺事件から遡《さかのぼ》ること一年半。

フィオリア・ディ・フローレンス、十六歳の春。

久しぶりに実家のフローレンス公爵邸へ戻ってきたフィオリアは、湯浴《ゆあ》みとともに旅の疲れを流したあと、瞳と同じ翡翠《ひすい》色のドレスに着替えた。東方の職人に作らせたオーダーメードで、フィオリアの凛々《りり》しい美しさを見事に引き立てている。一番のお気に入りだ。

足元は、このドレスのためだけに合わせた翡翠色のヒール。

着替えには侍女《じじょ》の手を借りていない。

舞踏会のような大きなパーティーの時は別だが、ふだん、フィオリアは自分ひとりで服を着たり脱いだりする。誰かに着替えを手伝ってもらうのが幼い頃からどうにも苦手だった。

ひとりでドレスを着るのは、フィオリアにとって大変なことではない。

なぜならこの世界には魔法という力が存在し、特定のフレーズ……呪文を唱えることで発動する。

魔法には六系統あり、火・水・土・風の四大属性と光・闇の二元。フィオリアの得意分野のひとつは風魔法だった。風を手足のように操れば、自分だけでドレスを着ることもできる。

着替えのあとはお化粧。

ぜんぶ整えるのに一時間は超える。

面倒とは思うけれど、美しさという女の武器は、磨《みが》けば磨くほどに輝くものだ。

フィオリアは鏡の前で、うん、と一度頷《うなず》くと、首元のリボンを整えて部屋を出る。

ドアのすぐそばには付き人の少年がソワソワしながらフィオリアを待っていた。

「レクス、おかしいところはないかしら」

「だ、だ、大丈夫です！　すっごく綺麗《きれい》です！」

「ありがとう。それじゃあ、戦場に向かうとしましょう」

真昼の廊下。

滑《なめ》らかで艶《つや》やかな黄金色の髪をなびかせ、フィオリアは颯爽《さっそう》と歩く。

高いヒールが、赤い絨毯《じゅうたん》を踏みしめる。

その足取りは早い。

やがて辿《たど》り着いたのは、黒塗りのドア。

父にしてフローレンス公爵家当主、グレアムの書斎である。

「お父様、よろしいですか」

「……フィオリアか、入れ」

「ありがとうございます。レクス、貴方はここで待ってなさい。頃合いを見て入ってくるように」

「は、はいっ！」

まるで軍人のように背筋を伸ばし、付き人の少年はピンとその場に直立する。

「貴方は可愛《かわい》らしいわね、レクス」

ふふ、とフィオリアが微笑《ほほえ》めば、少年はその頬を真っ赤に染めて俯《うつむ》いた。

彼の名はレクスオール・メディアス。

もともとはスラム街育ちの孤児であったが、とある事件がきっかけでフィオリアに拾われ、以来、付き人として傍《そば》に仕えている。

「が、が、頑張ってください！　お嬢様のこと、オレ、信じてます！」

「ありがとう。でも安心なさい。私が負けるとすれば、それは油断以外にありえないもの」

それは言いようによっては傲慢《ごうまん》とも取られかねない発言だろう。

だがフィオリアの口調にはまったく気取ったところはなく、あくまで自然体だった。

当然の事実を述べているかのようであり、同時に、自信と自負に満ち溢《あふ》れていた。

フィオリア自身、これから成し遂げようとしていることに対して、微塵《みじん》の不安も感じていない。

「失礼します」

書斎に足を踏み入れる。

父親は安楽椅子に深く身を沈めたまま、難しい表情で書類を眺《なが》めていた。

視界にフィオリアの姿を認めると、額に落ちる銀髪を払いのけて、鋭《するど》い眼光を一人娘へと向けた。

「何の用だ」

グレアム・ディ・フローレンスは、今年で四十二歳。

王宮では宰相《さいしょう》として辣腕《らつわん》を振るっているが、時に冷酷なまでの決断力を発揮すること、どれだけ賑《にぎ》やかなパーティーに参加しようとも無表情で通していることから『氷の宰相』と綽名されている。

グレアムの瞳は、さながら断頭台の刃のように鋭く冷たい。

生半可な覚悟で彼の前に立てば、たちまち、その凄《すご》みに呑まれてしまうだろう。

「お父様にお話があります」

だが、フィオリアはあくまで堂々としていた。

グレアムの視線に怯《ひる》んだりはしない。

むしろ、お父様ったら今日も堅苦しいけれど疲れないのかしら、と観察する余裕さえある。

翡翠色の大きな瞳を開き、自信に満ちた表情で話し始めた。

「領主としての全権を、一年、私に預けていただけませんか」

「……急に、何を言っている。お前は貴族学校に通っている途中だろう」

ここトリスタン王国では、十五歳から十八歳までの三年間、貴族家の子供らは王都の貴族学校に入るよう定められている。

フィオリアも昨年の春からフローレンス公爵領を離れ、王都の寄宿舎で暮らしながら貴族学校に通っていた。

いまは春休み期間で、もうしばらくすれば二年生に進級しての新学期が始まる……のだが。

「貴族学校は休学します。この一年、王都に出て、多くのものを見てきました。……東方との貿易が始まって以来、商人たちは急激に力をつけています。彼らは、裕福なくせに世間知らずな貴族をターゲットに、ハゲタカじみた狡猾《こうかつ》さでその財産を掠《かす》め取ろうとしています。油断していれば、我が家もあっというまに食い荒らされるでしょう」

貴族家の令嬢というものは、王都にいる間、お茶会やダンスパーティーに明け暮れるものである。

それは単に個人的な交流を楽しむというだけではなく、家のためのコネ作り、さらには将来の結婚相手を見つける機会にもなっている。

もちろんフィオリアはそういったものを軽視しているわけではないが、貴族学校での放課後や休日を、別のことのために使っていた。

一般的な貴族たちがあまり交流を持ちたがらないような階層の人々との交流。

新進気鋭《きえい》の若手貿易商だとか。

各地を渡り歩く吟遊《ぎんゆう》詩人だとか。

百戦錬磨《れんま》の傭兵《ようへい》隊長だとか。

そういった人間たちと個人的なつながりを持ちながら、国内のあちこちを密《ひそ》かに見て回った。

この世界にはモンスターと呼ばれる怪物がごく当たり前に存在して人を襲ったりするが、それらの退治に向かったこともある。……フィオリアは生まれながら魔法に長《た》け、またいまは亡き軍人の母に鍛えられたこともあり、人並外れた実力を有している。

そういった経験が糧《かて》になり、フィオリアは世の中の流れというものを正確に把握《はあく》できていた。

「これからの時代、必要になるのは経済力です。私ならフローレンス公爵領を百年後まで繁栄させられます。一年で構いません、貴族学校を休む許可と、領主の代行権を私に下さい」

「百年先か。……我が娘は、ずいぶん大きく出たものだ」

グレアムの声は、固い。

表情は鉄仮面のように冷たく、フィオリアの提案をはねつけるかのようだった。

「駄目だ、と言ったら？」

「私の手でフローレンス公爵家の歴史に幕を引きます。無様《ぶざま》に衰《おとろ》えるくらいなら、派手に散らして見せましょう。……こんなふうに」

フィオリアが黄金色の髪をかきあげると、示し合わせたようなタイミングでドアが開いた。

「し、失礼します！」

部屋に入ってきたのは、栗毛の付き人、レクス。

彼はトテテテ……とフィオリアに駆け寄ると、あるものを手渡した。

赤々とおいしそうに熟《う》れたリンゴ。

フローレンス公爵領の名産品であり、王都でも高値で取引されている。


——それを、片手でいとも簡単に握りつぶした。


ぐしゃり、ぼろぼろ。

リンゴはバラバラになり……レクスが持っていた、ガラス製の果物皿へと落ちていく。

「いつも忙しいお父様への差し入れです。どうぞ」

「リンゴを切るならナイフを使え」

冷たく切り捨てるように呟《つぶや》くグレアム。

しかし机の上に果物皿を置かれると、砕けたリンゴに手を伸ばした。

「……うまいな」

「文句を言っていたわりに、食べることは食べるのですね」

「娘からの差し入れだ。断る理由はない」

グレアムは怜悧《れいり》な面持ちに、わずかだが笑みを滲ませた。

「おまえは、フローラによく似ている」

フローラ・ディ・フローレンス。

グレアムの亡き妻であり、フィオリアの母親にあたる。

もとは農村の貧しい家の出だったが、十五歳で軍に志願すると次々に英雄的な活躍を遂げ、その名は大陸じゅうに知れ渡っていた。その後にグレアムと出会い、電撃的なプロポーズで結婚したという。

「フローラも、私の目の前でリンゴを握り潰したことがある。二度目に顔を合わせたときのことだ。『結婚するか、ここで死ぬかを選んでください』……あんなに熱烈なプロポーズは初めてだった」

「お父様もお母様もおかしいんじゃないですか」

「その娘がお前だ、フィオリア」

「私はお母様とは比べものにならないくらい淑女《しゅくじょ》だと思いますが」

「東方には『どんぐりの背比べ』という言葉がある。……まあいい、休学と代行権については許可しよう。ただし一年だけだ」

「一年もあれば十分です。いざとなればフローレンス公国として独立できるだけの領地にしてみせましょう」


その宣言は、決して嘘《うそ》ではなかった。

フィオリアが領主代行の地位に就いてからというもの、フローレンス公爵領は大きく発展した。

彼女の業績は数多く、それを説明するだけでも一冊の本ができあがるだろう。

税制改革、交通網の整備、東方との技術交流、平民への教育、新商品の開発、商会の設立――。

もちろん障害も多かったが、それでもなんとかやりとげた。


一年後の春。

領主代行の期限と貴族学校への復帰が迫ったある日のこと。

前の冬に十七歳となったフィオリアは、父親にして宰相のグレアムから呼び出しを受け、王都の宮殿を訪れていた。

装いはもちろん翡翠色のドレス。

化粧もアクセサリも完璧に整えている。

だが何よりもフィオリアを美しく飾り立てているのは、この一年の経験である。

領主代行として内政改革に取り組むだけではなく、商会のトップとして多くの事業で陣頭指揮《じんとう》を執《と》るうち、自然と、人の上に立つ者としての風格が備わっていた。

その姿は真昼の王宮を行き交う多くの貴族らを魅了し、大きな話題となった。


「凄味のある美女とは、ああいう女性のことを言うのだろうな。それにしても彼女は誰だ？　多分、どこかの国の女王だとは思うが……」

「いいや、違う。あの黄金色の髪には見覚えがある。……そうだ、思い出した。フィオリア・ディ・フローレンス。フローレンス家の公爵令嬢だ」

「おお、あれが有名な〝暴風の女帝〟か！」

「なんだその物騒な綽名は」

「フィオリア嬢は貴族学校でそう呼ばれているらしい。……前の校長が学校の運営資金を着服していたのは知ってるだろう？　あれを暴いたのがフィオリア嬢だ。校長の家まで乗りこんでいって、邪魔する衛兵を風魔法で吹き飛ばし、校長の口にハイヒールを捻じ込んで謝らせたとかなんとか」

「前校長、あんな美人のヒールを舐《な》めたのか、羨《うらや》ましい。……ちょっと待て、なんで距離を取る」

「自分の胸に聞け変態貴族」


……とまあ、約一名の貴族が己の性癖《せいへき》をうっかり暴露したりといったヒトコマはあったものの、誰も彼もがフィオリアのことを噂《うわさ》せずにいられなかった。

あるいはグレアムの執務室までの道中、こんなこともあった。

その日、宮廷において一大派閥《はばつ》を築き上げている大貴族……カノッサ公爵は、みずからの取り巻きを何十人と連れて廊下を練り歩いていた。カノッサ公爵はかなりの肥満体であり、それに加えて周囲にたくさんの貴族が群がっているものだから、廊下を完全に塞《ふさ》いでいた。その後ろでは、宮殿の使用人たちが前に進めず、迷惑そうな表情を浮かべている。

だがカノッサ公爵はまったく気にしない。

使用人ごときがどれだけ困ろうが知ったことか、という態度である。

そんなカノッサ公爵と取り巻きたちの前に、曲がり角の向こうから、フィオリアが姿を現した。

「ごきげんよう、カノッサ公爵。私、宰相閣下《かっか》に呼ばれているの。……通してくださるかしら？」

「なんだ、フローレンス家の小娘ではないか。お前ごときがワシに指図できると思ったか？　図に乗るな。そちらこそ道を譲れ」

フィオリアとカノッサ公爵の視線がぶつかる。

フィオリアは女性のわりにやや長身で、また、その日は高いヒールを履《は》いていた。

いっぽうでカノッサ公爵は横に太く、縦に短い。雪《ゆき》だるまのような体型である。

自然、フィオリアがカノッサ公爵を見下ろす構図となった。

睨《にら》み合う両者。

やがてフィオリアはすっと目を細めた。

〝氷の宰相〟と呼ばれる父親グレアムにそっくりの、強く、冷たく、鋭い視線。

「……ひっ！」

フィオリアの威風が、カノッサ公爵を圧倒した。

カノッサ公爵は脂肪でたぷたぷの顔に怯えを浮かべ、後ろに一歩下がる。

フィオリアとカノッサ公爵。

どちらに軍配が上がったかは、あまりに明らかだった。

「もう一度言うわ、通してくださる？」

フィオリアは、カノッサ公爵だけでなく、その取り巻きたちにも冷ややかな視線を向けた。

人の波が左右にサッと分かれる。

空白地帯となった廊下の中央。

フィオリアはそこを悠々《ゆうゆう》と歩き、通り過ぎ……カノッサ公爵一派の後方、彼らに道を塞がれ困っていた使用人たちを振り返る。

「いまのうちに通りなさい。宮廷勤めは大変だと思うけれど、頑張ってちょうだい」

ねぎらう言葉は心からの慈悲に満ち、使用人たちの胸に届いた。

使用人らは口々に「ありがとうございます！」「フィオリア様のことは忘れません！」と礼を告げ、それぞれの用事の方向へと走り去っていく。

もともとフィオリアは、第一王子オズワルドの婚約者として宮殿への出入りも多かった。

その際、どんな身分の相手でも分け隔《へだ》てなく接していたため、使用人からの評判は上々だった。

使用人の情報網というのは侮《あなど》れない。

カノッサ公爵との一件はすぐさま彼らの間で広まり、フィオリアの人気は不動のものとなった。

フィオリアの輝くような金髪にちなみ、彼女のことを《黄金の女神》と呼んで崇《あが》める者まで現れることになる。


やがてフィオリアは、宰相の執務室へと辿り着いた。

「よく来たなフィオリア。……まあ、座れ」

「お父様がわざわざ椅子を勧めてくれるなんて、厄介事《やっかいごと》の予感しかしないわね」

「お前は私を何だと思っている」

「絶対零度、慈悲も容赦もない冷血の宰相閣下かしら？」

軽い口調に冗談を乗せながら、フィオリアは椅子に腰掛けた。

背もたれに身体を深く預け、優雅に、悠然と微笑む。

ここに第三者がいたならば「〝氷の宰相閣下〟に対してこうも余裕ある態度を取れるとは……」

などと驚き、目を白黒させていただろう。

「それで、用件は？」

「ひとつ、頼みたいことがある」

グレアムは前髪をさっと横に払うと、父親ではなく、宰相としての顔つきになった。

氷のような無表情とともに、部屋の温度がいくらか下がったように感じられる。

普通の人間であれば、その威圧感に竦《すく》み上がってしまうだろう。

だがフィオリアの態度はいつもと変わらず、それどころか「お父様ったらやけに真剣そうだけど、どんな厄介事が起こったのかしら」などと想像を巡《めぐ》らせるだけの余裕もあった。

「第二王子のヴィンセント殿下は知っているな？」

「私の、将来の義弟《ぎてい》でしょう？」

フィオリアはこの国の第一王子、オズワルド・ディ・トリスタンの婚約者である。

もう数年して結婚式が終われば、オズワルドの弟、第二王子ヴィンセントとは義理の姉弟《きょうだい》になる。

ただ、今年で七歳となるヴィンセントはほとんど外に出てこないため、公式行事で遠巻きに顔を見たくらいである。

「ヴィンセント殿下を、内密に保護してほしい」

「……どういうこと？」

「少し長い話になる。よく聞け」

グレアム曰《いわ》く。

第二王子ヴィンセントは聡明《そうめい》な子供で、母親である王妃ベロニカからは非常に可愛がられていた。

だがそのことに夫の国王アイザックは苛立《いらだ》ち、ヴィンセントを徹底的に冷遇しているという。

「自分の子供に対して嫉妬するだなんて、これはまた器《うつわ》の小さな男だこと」

「私も否定せん。だが、王は王だ。臣下として支えねばならんだろう」

暗にフィオリアの言葉に同意し、グレアムは話を続ける。

半年ほど前のことだが、王妃ベロニカは流行り病《はやりやまい》で亡くなってしまった。

国王アイザックは妻の死をきっかけに思い直し、第二王子ヴィンセントへの態度を変える……などということにはならず、むしろ、王妃ベロニカがいなくなったのをいいことに、ヴィンセントへのあたりをますます強くしていた。

「陛下は四十七歳だったかしら。ヴィンセント殿下は七歳だから……四十歳も年下の、しかも血のつながった子供を攻撃しているわけね。大人げないにもほどがあるわ」

「……まったくだ」

グレアムは呆《あき》れたような顔つきでため息をつく。

ふだん氷のような無表情で押し隠している本音が、わずかにだが漏《も》れ出していた。

「だが事はこれで終わりではない。つい先日、ヴィンセント殿下は宮廷から出されることになった。……表向きは、故ベロニカ様の実家であるモルオール侯爵家への単独弔問《ちょうもん》だが、どうやら国王陛下のほうから何かしらの理由をつけてヴィンセント殿下を押し付けるつもりらしい」

「陛下は顔も見たくないほどヴィンセント殿下を嫌っている、ということかしら」

「そのようだ。……ここまでなら、まだいい。親と子というのはすべてうまく行くわけではない。距離を置いたほうが良好な関係を築けることもある」

だが、と、グレアムは続ける。

その顔つきはいつもどおり氷のような無表情だったが、娘であるフィオリアは、その口元に怒りが滲み出ているのを見抜いていた。……お父様が感情を隠し切れないなんて、余程のことがあったみたいね。

「これはまだ極秘にされているが、つい五日前、ヴィンセント殿下を乗せた馬車が消息を絶った。モルオール侯爵領へ向かう途中、山道でのことだ。そして今日の朝、国王の一存によって捜索が打ち切られている」

「……早すぎやしないかしら。冷遇されているとはいえ、ヴィンセント殿下も王族でしょう?」

「その通りだ。どれだけ時間がかかろうとも捜索は続けねばならん。たとえ命を落としていたとしても、王族の遺体を野ざらしにしておくことは許されん。それは我が国の威信にも関わる。国王陛下には捜索を再開するように強く言っているが、どうにも動きが悪い。だから――」

「だからこそ、私を呼んだ、と」

納得顔で頷くフィオリア。

「自分の娘なら秘密裏に動かすのはうってつけだものね。けれどお父様、分かっているのかしら。捜索打ち切りは陛下が決めたことよ? こちらでヴィンセント殿下を保護するのであれば、それは、陛下に逆らうことになると思うのだけれど」

「だがここで妥協しては国のためにならん。……お前もそう思うだろう、フィオリア」

「否定はしないわ。ただ、まあ――」

フィオリアは、黄金色の髪をさっとかきあげた。

窓から差し込む太陽光に反射して、波打つように輝きが広がる。

「小さな子供がひとりきり、山で置き去りになっているのでしょう？　私が動くには、それで十分。ヴィンセント殿下はかならず保護するわ。このフィオリア・ディ・フローレンスの名に懸けて」


フィオリアにはいくつもの肩書きがある。

たとえば、フローレンス家公爵令嬢。

あるいは、フローレンス公爵領領主代行。

そして、グランフォード商会代表。

グランフォード商会は、フィオリアが設立した商会である。

おもな事業は東方との交易で、新興の商会ながらもフローレンス公爵家の資金力と、フィオリア自身の商才によって莫大《ばくだい》な利益をあげている。その販路はフローレンス公爵領ならびに王都、さらには他の貴族領にも及び、トリスタン王国内では圧倒的なシェアを獲得しつつあった。

一部の学者の分析によれば「グランフォード商会の名前は、二十年以内にトリスタン王国のみならずベルガリア大陸全土に轟《とどろ》くだろう」とかなんとか。

商会主としてのフィオリアはなかなかに優秀であり、商会の者からも慕われていた。商会に所属する商人のほとんどは、チャンスを掴《つか》めないまま燻《くすぶ》っていたなか、フィオリアによって見出されて飛躍を遂げたものばかりである。裏切り裏切られがあたりまえな商人の世界においては珍しいほど、グランフォード商会はトップへの人望が厚い。

「第二王子のヴィンセント殿下が、王都からモルオール侯爵領へ向かう途中で消息を絶ったそうね」

フィオリアが商会の人間の前で少しばかり呟くだけで、彼女を熱狂的に信奉する商人たちに話が伝わり、やがてグランフォード商会全体で情報収集に動き始める。商人の情報力というのを舐めてはいけない。彼らにとって情報というのは生命線であり、ひとかどの商人ならば二つや三つ、表に出せないような情報源を確保しているものだ。


フィオリアが父グレアムからの依頼を受けて三日後――

「……ヴィンセント殿下の件はまだ緘口令《かんこうれい》が敷かれているはずなのに、よくもまあ、ここまで調べ上げたものね」

王都の西区画にあるグランフォード商会本部を訪れてみれば、フィオリアが望む情報はすべて揃《そろ》えられていた。ヴィンセントの弔問が決まるまでの背景、王宮を出てからの足取り、行方不明になったと推測される場所――。すべて書類にまとめられ、フィオリアの執務室……つまりは会長室に届けられた。

「よくやったわね、ヴィオラ。賞賛に値《あたい》するわ」

「はっ！　お褒《ほ》めいただき光栄です！」

グランフォード商会の商人のひとり、ヴィオラ・リューネバルトはフィオリアの足元に跪いた。

まるで騎士のようなふるまい。

ヴィオラはいまでこそ商人をやっているが、もともとは騎士である。

トリスタン王国において女性の騎士と軍人はさほど珍しくない。

ヴィオラの右眼は眼帯で隠されているが、これはモンスターとの戦いで隻眼《せきがん》となってしまったからである。頬にも十字傷が残っている。

彼女の実家、リューネバルト家は代々続く騎士の家系であったが、父親がタチの悪い商人に騙《だま》されて破産している。

一家は路頭に迷い、ヴィオラは身体を売ることすら考えていたが、そこをフィオリアに拾われた。

商人としての才覚を見出され、いまやグランフォード商会でも一、二を争う業績をあげている。

そのような経歴であり、また、元騎士だということも相まってか、この赤毛の女商人はフィオリアに対して絶対的な忠誠心を捧げていた。

「フィオリア様、このあとはいかがなさいますか」

「ヴィンセント殿下を保護するわ。できれば、秘密裏に。……できるかしら？」

「お任せください。フィオリア様が命じて下さるなら、神だろうと仕留めてご覧に入れましょう」

「血の気が多いわね、貴女《あなた》は」

クス、と微笑むフィオリア。

細かなしぐさではあるが、そこには老若男女を問わず人を惹《ひ》きつけるような、匂い立つ色香と気品が漂っていた。

「……っ」

気付くと、ヴィオラはこちらを見つめたまま、ぼうっと黙り込んでしまっている。

いったいどうしたというのだろう。フィオリアは首を小さく傾《かし》げた。

「ヴィオラ？　ぼんやりしてるけど、大丈夫？」

「い、いえっ！　そ、その、フィオリア様は今日もお美しいな、と……」

「そう、ありがと。話を戻すけれど、ヴィンセント殿下の件、最悪の場合はトリスタン王家を敵に回すことになるわ。捜索の打ち切りは王命だもの」

「存じ上げております。有事の際はここを拠点として王宮に攻め入り、トリスタン王国の歴史に幕を引いてみせましょう」

「……いや、普通にフローレンス公爵領へ退却してくれればいいのだけれど」

どうしてこの元女騎士は、なにかと荒事《あらごと》を起こしたがるのだろう。

フィオリアとしてはどうにも苦笑せざるを得ない。

「まあ、ためしに最悪のケースを考えてみましょうか。具体的には、フローレンス公爵家の取り潰しとグランフォード商会の解散かしら」

フローレンス公爵家は長い歴史を持ち、トリスタン王国でも最も広い領地を治めている。グランフォード商会もかなりの規模であり、どちらも、王命ひとつでどうこうできるものではない……のだが、国王アイザックはある時を境にして、やたら苛烈《かれつ》で自己中心的な人物に変わってしまったから油断できない。噂によるとそのきっかけは、幼い第二王子ヴィンセントと口論になり、言い負かされてしまったことだとか。

「我がグランフォード商会の船は、東方から買い入れた最新式の大砲をいくつも積んでいます。海から砲撃を繰り返せば、王宮を灰にするのはたやすいでしょう。あとは灰になった王宮を取り囲んで、逃げ出してきた連中を鉄砲で撃ち殺せばよいかと」

剣呑《けんのん》なことをサラリと言ってのけるヴィオラ。

勝つためなら手段を選ばない思考法は、騎士というよりも傭兵じみた凄味を漂わせている。

「……あなた、本当に元騎士なの？」

「騎士の誇りなどというものはリューネバルト家が破産したとき、一山いくらで売り払いました。自分のプライドは、ただひとつ、フィオリア様に勝利と成功をもたらすことだけです」

「わ、わかったわ……」

フィオリアはめったなことで動揺しないが、さすがに今回は考え込んでしまう。

かつて餓死寸前のヴィオラを助けたのは親切心からだった。商才があったのでグランフォード商会にスカウトしてみれば、あれよあれよという間に成果をあげていった。そこまではいい。だが、まさか、こうも熱烈な信者に育ってしまうとは……。


「だ、大丈夫ですか、お嬢様」

「ありがとうレクス。紅茶を淹《い》れてもらえる？」

「は、はいっ！」

ヴィオラが去った後、フィオリアは付き人のレクスを呼ぶと、ソファに深く深く沈み込んだ。

「疲れたわ……」

ヴィオラから敬意を向けられて悪い気はしないが、さすがに、ちょっと重い。

……けれど、これが人の上に立つ、ということなのでしょうね。

フィオリアは自分をそう納得させ、右手の人差し指と親指で、目と目の間をつまむように揉《も》む。

「レクス、熱いタオルもちょうだい」

「あっ、そっちはもう準備してあります！」

レクスはパタパタと駆け寄ってくると、あったかい濡れタオルをフィオリアに手渡す。

「ありがとう。気が利《き》くわね」

「えへへっ、これくらい当然です！」

フィオリアがぽんぽんとレクスの頭を撫でると、昨年に比べてすこし背の伸びた付き人の少年は照れくさそうに、けれど嬉しげな微笑みを浮かべた。ヴィオラがいろいろと〝濃い〟人間だったからこそ、レクスの純朴さに癒《いや》される。

「はぁ……」

閉じた瞼に温かいタオルを載せて、ため息。

じんわりとした熱が、目のまわりをゆっくりと解してくれる。

その心地よい感覚に、フィオリアはついウトウトと微睡《まどろ》んでしまう。

疲れにはやっぱりこれね。

前世でも忙しくて家に帰れない時に備えて、仕事場のデスクにはホットのアイマスクを常備していたもの。

……あら？

前世？　仕事場？　温湿布《おんしっぷ》？

なにかしら、それ。


知らない言葉が頭をよぎり、フィオリアはパッと目を覚ます。

身体を跳ね起こしたついでに、タオルがポトリと床に転げ落ちてしまう。

「ど、どうかしましたか、お嬢様⁉」

「大丈夫よレクス、ちょっと、夢を見ただけ。……新しいのを用意してくれる？」

「はいっ！　ただいま！」

まめまめしく動き回るレクスを眺めながら、フィオリアは、ふと、考えにひたる。

最近、こういうことが多い。

覚えのない記憶、見たことのない風景、知らない言葉。

そういったものが発作的に頭をよぎり、なぜか、胸がぎゅっと苦しくなるのだ。

まるで遠い遠いふるさとを思い出した後のような、奇妙な郷愁《きょうしゅう》。

おかしな話よね。

私はフローレンス公爵領で生まれたのに、遠い、別のところに故郷があるように思えるの。

まあ、きっと気のせいよね。

十代は精神的に不安定な年ごろだっていうし、私のこれも、いわゆる思春期症候群とか、中二病みたいなものじゃないかしら。

……思春期？　中二病？

ああ、また、身に覚えのない言葉が出てきたわ。

人から聞いたことも、本で読んだこともないのに、なぜか、その意味がなんとなく分かる。

本当に、変な感じ。

けれども有害だとは思わない。

むしろすごく役に立っているわ。

私はこれまでに領地改革やら商会経営やらをやってきたけれど、いくつかのアイデアは、ふと蘇った記憶をヒントにしてるもの。

たとえば、新しい作物の栽培。ジャガイモとかトマトとか。

あるいは、新商品の開発。アイスクリームとかチョコレートとか。そうそう、船乗り特有の病気に「壊血病《かいけつびょう》」というものがあるのだけれど、瓶詰めのピクルスなんかで予防できるのよ。これも私の発案ね。

他にも、いろんなことをやってきたわ。

領内の交通網整備と、精密な地図の作成。

東方から技術者を招いての、印刷機の開発。

銀行や新聞社の設立。

そのほとんどは、前世の断片的な記憶をもとにしているの。

……前世？

いま私はごくあたりまえに前世という言葉を使ったけれど、そんなもの、本当にあるのかしら。

生まれ変わりなんて昔話だけのファンタジーと思うのだけれど、実際、どうなのでしょうね？

＊　＊

休憩の後、フィオリアは情報の吟味《ぎんみ》を始める。

「レクス、頭を整理するから話に付き合ってくれる？」

「はいっ！　お任せください！」

元気いっぱいに答えるレクスの姿は、さながら仔犬が尻尾を振って「遊んで遊んで！」とせがんでいるかのようだった。

「報告書によると、ヴィンセント殿下はイズルト山脈で行方不明になったみたい。……おかしいわ」

このときフィオリアは会長室の安楽椅子に身を沈めていた。

足を組み、左手には書類。

右手で頬杖をつきながら、眉をひそめた。

「何がおかしいんですか？」

「王都からモルオール侯爵領に向かうのであれば、わざわざイズルト山脈を通る必要はないでしょう。直線距離では最短だけど、上り下りを考えれば、迂回《うかい》して平原を進んだほうが圧倒的に早いわ。モンスターに遭遇《そうぐう》する確率も高いし、自殺行為よ」

ならばどうしてイズルト山脈を通ることにしたかといえば……報告書曰く、アイザック王の指示だという。

「ああ、そういうこと」

フィオリアは心底呆《あき》れた、と言わんばかりにため息をつく。

右手を額に当てて、嘆かわしげに首を振る。

「陛下は、ヴィンセント殿下によほど死んでほしかったのでしょうね。……男はよく『女性の嫉妬は怖い』と言うけれど、男の嫉妬心のほうがずっと恐ろしいわ」

――男というのは自分の嫉妬心に無自覚だから、なおさらタチが悪い。

元騎士で商人のヴィオラの言葉だ。

いつぞや苦い表情で右眼の眼帯をさすりながら呟いていたのを、フィオリアはふと思い出した。

もしかすると、ヴィオラが片眼を失った経緯には男性が関わっているのかもしれない。

「あの、お嬢様。すごく根本的な質問をしてもいいですか？」

報告書も終わりに差し掛かったところで、レクスがおずおずと口を開いた。

「ヴィンセント殿下が失踪《しっそう》してからもう八日ですよね。オレより二歳下で七歳ですし、身体だってまだそんなに強くないはずです。だから……」

「もう死んでいるかもしれない、と言いたいのね？」

「ええ、まあ……」

「それはどうかしら。案外と、父親憎しの気持ちで生き残っているかもしれないわ」

現実的に考えるなら、レクスの意見こそが正しいだろう。

だがしかし、フィオリアはこう思うのだ。


この世界は、前世と違って、感情の力というものが大きく現実に反映されるわ。

たとえば魔法なんてものは、その代表格。

自分の思い描くイメージどおりの現象を引き起こす。

すべては心ひとつ。

自分次第で、いくらでも現実を変えていける。

だったら、七歳の子供が生き延びている可能性だって、けっしてゼロではないでしょう？

＊　＊

「これからヴィンセント殿下を捜しに向かうわ」

　情報の吟味を終えると、フィオリアはヴィオラを呼んでそう宣言した。

「メンバーはどうしましょう。すでに商会騎士団には召集をかけてあります」

　グランフォード商会に限らず、大きな商会はいずれも自前の騎士団を抱えている。

　ただ、他の商会はせいぜい三十人程度の騎士しか持っていないが、グランフォード商会の場合、団員数は百名を超える。いずれも東方から入ってきた〝鉄砲〟という飛び道具で武装し、商隊の護衛において大きな成果をあげている。

　ヴィンセントが行方をくらましたイズルト山脈は深い森に覆われ、一部はモンスターの巣窟《そうくつ》となっている。商会騎士団だけではなく、冒険者や傭兵をやとっての大規模捜索を行うべきところだろう。

　にもかかわらず――

「捜索は、私ひとりで十分よ」

　フィオリアは、堂々とそう言ってのけた。

　そこには気負った様子も、強がりの気配も存在しない。

　ただ淡々と自明の事実を述べたような、そういう当たり前さが漂っていた。

普通の人間なら大言壮語《たいげんそうご》となるが、フィオリア・ディ・フローレンスであれば話は別である。

「承知いたしました。では、ヴィンセント殿下を保護した後のことはこちらにお任せください」

「ええ、王家には絶対気取《けど》られないよう、フローレンス公爵邸に運んでちょうだい。いいわね？」

フィオリアは多才な人間だが、少しばかり脇の甘い部分もある。彼女自身もそれを分かっているからこそ、ヴィンセントを保護した後のことはヴィオラへ任せることにした。

＊　＊

ヴィンセント・ディ・トリスタンは、仄暗《ほのぐら》い蒼色の目で多くのことを見抜いていた。

「おかあさまは、おとうさまに殺された」

表向き、ベロニカ妃は流行り病に倒れたとされている。

だがヴィンセントは直感的に理解していた。

直接的ではないにせよ、父親のアイザック王が手を下したのだ、と。

実際、アイザック王はベロニカ妃の死後、こう漏らしている。

――オレを一番に愛さぬ妻など不要よ。ゆえに報《むく》いを受けさせたのだ。

「おとうさまは、ずっとボクに嫉妬してた。おかあさまのつぎは、ボクを殺すかもしれない」

そう思っていた矢先に決まったのが、モルオール侯爵家への訪問。

どうやらアイザック王は、なんだかんだと理由をつけ、自分をモルオール侯爵家に預けるつもりらしい。

それはむしろヴィンセントにとっても渡りに船だった。

もし兄のオズワルドを退《しりぞ》けて国王になるというのなら王宮に留まって味方を作るべきだが、七歳児のヴィンセントにそこまでの野心はない。むしろ、父アイザックから離れられるなら何でもいい。近くにいれば、いつ殺されるか分かったものではないのだから。

やがて、王宮を出る日がやってきた。

このときヴィンセントはひとつの決意を抱いていた。

「おおきくなったら王宮にもどって、ぜったいに、おかあさまのカタキをうつんだ」

幼い復讐心は、幼いゆえにまっすぐである。

見送りにすらこない父親の顔を思い浮かべ、密かに闘志を燃やすと、ヴィンセントは馬車に乗りこんだ。

「……あれ？」

異変に気付いたのは、出発して三日目のこと。

「どうして山のほうに行くの？」

ヴィンセントは馬車の行き先に疑問を覚え、休憩の際、護衛の騎士に尋《たず》ねてみた。

「こっちは危険じゃないの？」

「申し訳ありませんが、このルートを取るよう、国王から厳命されております」

どれだけ騒いでも、もはや手遅れだった。

馬車はすでにイズルトの山道に入っていた。

「やっぱり、おとうさまはボクを殺すつもりなんだね……」

護衛の騎士たちの話を盗み聞くに、どうやら、彼らは途中でヴィンセントの馬車を崖《がけ》へと突き落とす手筈《てはず》らしい。

そうと分かれば、わざわざ相手の思惑《おもわく》に乗る必要はない。

ヴィンセントは携帯用の非常食を洋服に忍ばせると、ひとり、馬車を抜け出そうとした。

ちなみに非常食はグランフォード商会の新商品であり、ドライフルーツ入りのしっとりクッキー。

ヴィンセントにとってはお気に入りのおやつだったりする。

「じっとしてても殺されるんだ。だったら、ボクはやれるだけやってみる」

そして山に入って二日目の夜。

見張りの目を盗み、馬車を離れようとした矢先――

「グオオオオオオオオオオオオオオオオッ！」

「ま、魔物だ！　魔物が出たぞ！」

「応戦しろ！　くそっ、こんなところで死んでたまるか！」

「そうだ！　生きてかえれば一生遊んで暮らせるだけのカネが入るんだ！」

どうやら護衛の騎士たちは、ヴィンセントの暗殺と引き換えに、多額の報酬を約束されていたらしい。……こういう場合、口封じに殺されるのが常《つね》なのだが、彼らはその可能性を全く考えていないようだった。

「よし……チャンスだ……！」

モンスターの襲撃による大混乱。

その隙に乗じて、ヴィンセントは逃げ出した。

夜の山道を、走る、走る、走る。

小枝に引っかかれて、服が破けても構わずに、走り続ける。

途中、焦《あせ》りすぎて何度も転んだ。転がりながら立ち上がって、すぐに駆けだした。

全身が泥だらけになって気持ち悪いけれど、絶対に、足を止めない。

「はぁ、はぁ、はぁ……！」

肺が熱くなる。

息が切れる。

それでも走り続けたら、頭がくらくらしてきた。

やがて足が上がらなくなっても、のろのろと歩いて、前に進む。

「ここまでくれば、だいじょうぶ、かな」

坂道を下ったところに、小さな洞窟《どうくつ》を見つけた。

幸い、中にモンスターは生息していなかった。

岩陰に隠れて横たわると、地面の硬さにも拘らず、ヴィンセントは眠っていた。

緊張感から解放され、気が緩んだのもあったのだろう。

――そして、八日間が過ぎた。

ヴィンセントは非常食を少しずつ齧《かじ》り、水場を見つけては喉を潤し、どうにかこうにか生き延びていた。七歳とは思えないほどの生存能力だが、その芯《しん》では、強い意志が燃え盛っていた。

「おとうさまには、まけない」

ここで息絶えれば、アイザック王の思惑通りになってしまう。

そんなのは、いやだ。

ぜったいに、いやだ。

ボクは生きる。生きてかならずおかあさまのカタキをうつ。

その気持ちひとつで、今日まで生き延びるという奇跡を成し遂げていた。

――だがそれでも、幸運がいつまでも続くわけではない。

八日間も山中をさまよえば、どれだけしっかり休息をとろうとも、身体の底に疲労が蓄積されていく。

ヴィンセントは昼間、水場のすぐ近くで木にもたれかかっていたが、暖かな春風にそそのかされ、つい、ウトウトと眠ってしまった。

ガサガサという物音で目を覚ましたのは、せめてもの幸運だったか。

「っ……！」

眼前に、魔物が迫っていた。

ダーク・アシッド・スライム。

冒険者ギルドでは危険度Aランクに指定され、場合によっては、王国軍騎士団に動員がかかるほどのモンスターである。

その漆黒《しっこく》の身体は強酸性の液体で満たされており、獲物をあっという間に消化してしまう。

小柄で華奢《きゃしゃ》なヴィンセントなら、数秒と経《た》たずに骨と化すだろう。

「に、逃げないと……っ！」

ヴィンセントは慌《あわ》てて立ち上がろうとしたものの、寝起きということもあってか、足をもつれさせてしまう。転倒し、顎《あご》をしたたかに地面へと打ち付けた。脳がゆれてクラクラする。

その隙を、ダーク・アシッド・スライムは見逃してくれなかった。

「シャアアアアアアアアッ！」

果たしてどこに口があるのかまったくもって不明だが、雄叫《おたけ》びとともにヴィンセントへ飛び掛かっていた。

ヴィンセントは、まだ、立ち上がれない。

「逃げろ！」と本能が叫ぶものの――これまでの疲労もあってか「もういいや」という投げやりな

気持ちが胸を占めていた。


もう身体はボロボロだし、逃げたって追いつかれるよ。

ボクはボクなりにがんばった。

これ以上はムリだよ。

死ねばおかあさまのところにいけるんだから、別にいいじゃないか。


ヴィンセントは迫りくる死を受け入れ——

「い……や………」

受け入れるつもりだった。

つい一秒前までは、死んでもいいと思っていた。


けれど、胸の奥で、感情がはじけた。


いやだ。

絶対にいやだ。

ボクは、こんなところで、死にたくない！

おとうさまには負けたくない。

おかあさまのカタキをうちたい。

そうだ！

「生きる、生きるんだ。ボクは生きて帰る。生きて帰って、おとうさまに復讐するんだ！」

この八日間で精神力もすり減り、魔力も枯渇《こかつ》寸前だった。

それでもヴィンセントは必死に意識を集中させる。

「《火精霊の憤怒《フレイム・ボム》》！」

それは炎の中級攻撃魔法。

ヴィンセントが右手を突き出すと、掌《てのひら》から火炎弾が放たれた。

火炎弾はダーク・アシッド・スライムへと直撃し、ボォン！　と爆発を起こす。

だが魔力不足ゆえか威力はあまりに低く、スライムはびくともしない。

「っ……！　まだだ！」

ヴィンセントは再び《火精霊の憤怒《フレイム・ボム》》を放とうとしたものの、それよりも先にダーク・アシッド・スライムが彼を捕食すべく、その全身を大きく広げた。

もはや抵抗は間に合わない。

それでもヴィンセントは諦《あきら》めず、せめて心だけは負けるまい、とスライムを睨みつけ――

「素晴らしいものを見せてもらったわ。貴方は頑張れる子なのね、ヴィンセント」

突如として、天が割れた。

神々しいまでの黄金光が、ヴィンセントの視界を塗り潰した。

落ちてきた稲妻が、ダーク・アシッド・スライムを貫いて消し炭に変える。

――《雷帝の怒り《ジャッジメント》》。

それは光の最上位攻撃魔法。

形あるものなら何であろうと焼き尽くす、裁きの稲妻である。

圧倒的な威力でありながら、その魔法は精密にコントロールされていた。

ダーク・アシッド・スライムに直撃する一方、すぐそばのヴィンセントにはかすり傷ひとつついていない。

「えっ……？」

突如として落ちてきた稲妻に、ヴィンセントは戸惑《とまど》う。

いったいどういうことかと周囲を見回す。

あたりには魔法の残滓《ざんし》として、黄金の粒子《りゅうし》がキラキラと漂っている。

……そこに、一人の女性がふわりと降り立った。

「はじめましてヴィンセント。私はフローレンス公爵家のフィオリア。貴方を迎えに来たわ」

まるで太陽のように輝きを放つ、黄金色の髪。

まっすぐに澄みきった、大きな翡翠色の瞳。

ヴィンセントは、言葉もなく、フィオリアの姿に見惚《みと》れていた。
美しい、と。
やがて頭に浮かんだのは、ただ、その一言だけ。
「私が来たからには大丈夫。さ、山を出ましょうか」
フィオリアはこちらに手を差し伸べてくる。
白い、つややかな、細い指。
ヴィンセントはぼうっとしたまま、フィオリアの手を取る。
温かかった。
包み込むように手を握られて、どく、と心臓が跳ねた。

この日。
ヴィンセント・ディ・トリスタンは、初めての恋をした。
もっともそれを認めるには、しばしの時間が必要だったが。

＊　＊

「む、迎えにきたって……いきなりそんなこと言われても、信じられるもんか。おとうさまの命令でボクを殺しにきたんじゃないのか」

ヴィンセントはフィオリアの手を払うと、警戒心を露《あら》わにして呟いた。

「そうね、私が貴方の立場でも疑うでしょうね」

フィオリアはというと、気を悪くした様子もなく、やわらかな笑みを浮かべている。

その眼には、幼いヴィンセントが捨て犬のように映っていた。

王宮を追い出されるのみならず、実の父親に殺されかけたのだ。

人間不信に陥《おちい》って、近づく者すべてを、がるるるる、と威嚇《いかく》しても仕方ないことだろう。

「けれど大丈夫、私は貴方を傷つけたりしない。味方よ、信じてちょうだい」

フィオリアは、その場にしゃがみ込んでヴィンセントを抱きしめようとした。が――

「さ、さわるなっ！」

ドン、と。

声を荒らげたヴィンセントに突き飛ばされ、フィオリアはその場に転んでしまう。

足元はぬかるみで、輝くような金髪も、きらめく翡翠色のドレスも、泥だらけになってしまった。

「あっ……」

ヴィンセントの顔には、怯えの色が浮かんでいた。

自分のしでかしたことに罪悪感を覚えたのか、あるいは、フィオリアに見捨てられることに恐怖を覚えたのか。

「ふふ、ずいぶんと元気みたいね。安心したわ」

フィオリアは流麗な動作で立ち上がる。

身体じゅう泥塗《まみ》れにされたにもかかわらず、気を悪くした様子はない。

むしろ面白がっているかのようにクスクス笑っている。

「けれど私にも意地があるの。一度やろうとしたことは、最後までやり遂げないと。さ、大人しく抱きしめられなさい」

「…………変なの」

フィオリアは、あらためてヴィンセントを抱きしめる。

ヴィンセントはそっぽを向いていたが、照れているのか、顔はリンゴのように赤い。

「この八日間、よく一人で頑張ったわね」

「別に、大したことじゃないよ」

「大したことよ。この私が――フィオリア・ディ・フローレンスが認めてあげる。貴方はすごい子なの。ふつう、七歳の子供が山の中に放り出されたら、きっと三日も持たないでしょうね。実際、ほとんどの人が貴方の生存を信じていなかったもの」

「……フィオリアは、どうなの。ボクが死んだと、思ってたの？」

「いいえ」

短く、しかし、力強くフィオリアは言い切った。

「ベロニカ王妃がいなくなってから、貴方はずっと泣かずにいたのでしょう？　王宮ではいろいろと辛い目に遭《あ》っていたようだけど、なんとか必死で耐えてきた。そんな強い子が、簡単に死ぬわけがない。私はそう信じていたわ」

フィオリアは、父親から依頼を受けてからの三日間、何もしていなかったわけではない。

ヴィオラにはヴィンセントの行方を追わせる一方、フィオリア自身は、王宮での彼について情報を集めていた。……ベロニカ妃亡き後、父親のアイザック王から冷遇され、王の怒りに触れることを恐れた使用人らからは空気のように扱《あつか》われ、ほぼ完全に無視されていたらしい。けれど、ヴィンセントは涙ひとつ流さずに堪《た》えていたという。

「これまでよく一人で頑張ってきたわね。けれど、もう、大丈夫。私が貴方を守る。ずっとそばにいてあげる。だから安心なさい」

「っ……」


ヴィンセントにとって、母親の死後、こんなに優しい言葉をかけてくれたのはフィオリアが初めてだった。

胸のあたりで温かなものが湧き上がって、何度も、むせそうになる。

瞼の裏が熱い。

涙が零《こぼ》れそうだった。

いままで溜め込んできたものが一気に溢れかけ——

「貴方はまだ幼いのだから、甘えてもいいのよ」

フィオリアのその言葉で、決壊した。

「っく、ぁああああ、うぁぁぁぁぁぁっ……！」

ボロボロと涙が零れる。

まるで子供のように――実際にヴィンセントは七歳の子供なのだが――声をあげ、泣きじゃくる。

母親が死んでからずっと、辛かった。寂しかった。

父親が憎かった、恐ろしかった。

もはや王宮に味方は誰もいなくて、ヴィンセントには耐え忍ぶことしかできなかった。

「たす、けて……。たすけて、よう……」

号泣とともに絞り出された言葉は、心からのものだった。

誰かに助けを求めるだなんて、ヴィンセントにとって生まれて初めてのことだった。

「ええ、任せなさい。貴方には、私がついているわ。だから胸を張りなさい。貴方はきっと貴方の人生を乗り越えられる」

＊　＊

この世界には魔法が存在し、大きく六つの属性に分けられる。

火、水、土、風の四大属性に、光と闇の二元。

魔法を扱うものは誰しも一つ、稀《まれ》に二つ、得意属性というものを持っている。

フィオリアは二つの得意属性を有しており、その片方は〝暴風の女帝〟の異名通り風属性である。

使い道は、かなり幅広い。

日常的には、ドレスの着替えにおける第三、第四の手の代わり。

もちろん魔物との戦いにも役立つし、風の振動を四方八方へと飛ばすことにより、ソナーのように人や物を感知する、という使い方もできる。今回もそうやってヴィンセントを見つけ出した。

「しっかり掴まってなさい。落ちることはないから、だいじょうぶよ」

「う、うん……」

ヴィンセントが泣き止《や》んだあと、フィオリアは彼を連れてイズルト山脈を離れることにした。

山道ゆえ、徒歩ならば数日がかりの行程になるところだ。

フィオリア自身はともかく、ヴィンセントはまだ子供である。果たして体力が持つかどうか。

だが彼女は、ショートカットのための裏技を持っていた。

「――《風精霊の舞踏《シルフィ・ダンス》》」

それは、いわゆる飛行魔法。

風を操ることによって宙に浮かび、空を自由に飛び回る。

いまのところ、この魔法を使えるのはトリスタン王国でもフィオリアひとりである。

他の魔法使いたちは、どうにも、自分が空を飛ぶ姿をイメージできないらしい。

飛行のイメージくらい簡単だと思うのだけれど、どうしてかしら？

ただ私の場合は、前世でアニメやゲームに触れているから、具体的な想像を広げやすいのかもしれないわね。

……ところで、アニメやゲームって、いったい何かしら。

またもや蘇る正体不明の記憶はともかくとして、フィオリアはヴィンセントを連れ、空へと浮かび上がった。

「すごい……すごいよ、フィオリア。風がきもちいい。空を飛ぶのって、たのしいね！」

「ふふ、喜んでもらえて私も嬉しいわ」

無邪気にはしゃぐヴィンセントを眺めていると、フィオリアも気持ちが温かくなってくる。

弟がいればこんな感じなのだろうか、と思ったりもする。

まあ、フィオリアは第一王子オズワルドの婚約者なのだから、将来的にヴィンセントは義理の弟になるのだが。

――とはいえ、この婚約がどうなるかも怪しいところだけれど。

フィオリアは父グレアムの頼みがきっかけとなり、第二王子ヴィンセントを助けに向かった。

これはアイザック王の意に背《そむ》くことであり、明るみに出れば、不興を買うのは間違いない。

おそらくフィオリアとオズワルドの婚約は取り消しになるだろう。

――仮にそうならなかったとしても、いまのオズワルドと結婚したいかと言われると、微妙ね。


オズワルドは、フィオリアのひとつ下で十六歳。

フィオリアとしては政略結婚に異議はなく、貴族家に生まれたのだから当然、と捉《とら》えていた。

……が、今回の事件について調べるうち、宮中でのオズワルドについて悪い話を聞いてしまった。

どうやら彼も彼で、父アイザックの顔色を気にしてか、弟のヴィンセントに対して冷たい態度を取っていたらしい。使用人たちによる嫌がらせも、見て見ぬふりだったとか。


――そんな男が、更生しないままに国王になっていいものかしら。


それはフィオリアの信条に反する。

持つ者はどうあるべきか。

持つ者は、持たざる者を守らねばならない。

持つ者は、持たざる者を守るのみならず、ほかの持つ者に模範を示さねばならない。

オズワルドのやっていることは、模範になるだろうか?

答えはもちろん、否《いな》である。

――お父様、もしかして、そういうことなの？

アイザック王は暴君であり、後継者のオズワルドも王としての資質にやや疑問がある。

悔い改めてくれるならまだ希望はあるし、フィオリアは婚約者として――ひいては王妃の責務として夫オズワルドの性根を叩き直すつもりだが、一方で、第二王子ヴィンセントはまだ若く、成長の余地も大きい。

さて、氷の宰相と呼ばれ、国王や王家ではなくトリスタン王国そのものに忠誠を誓い、必要ならばいくらでも冷徹な判断を下せる父グレアムは、どのような思惑で動くのだろうか。

――我が家でヴィンセント王子を匿《かくま》って、将来的に擁立《ようりつ》するつもりかしら……？

＊　＊

「ヴィンセント殿下の擁立、か。……可能性がないわけではない、とだけ答えておこう」

フィオリアの疑問に対し、父親のグレアムはいつもと変わらぬ氷の無表情で答えた。

書斎の窓際に立ち、山の端《は》へと沈む夕陽を眺めている。

窓から差し込む朱色の光が、ロマンスグレーの短髪を彩《いろど》るように照らす。

フィオリアはヴィンセントを連れてイズルト山脈を脱出すると、彼を麓で待機していたヴィオラに預け、一足先にフローレンス公爵領に戻った。

時を同じくしてグレアムもまた領内の公爵邸に帰っており、フィオリアは父親の書斎に押しかけて問いただすことにしたのだ。ヴィンセントを国王にするつもりなのか、と。


「誰が国王になるかは今後次第だ。私にも分からん。……いずれにせよ、フィオリア、お前はよくやった。まさかヴィンセント殿下を生きたまま保護するとはな。十中八九、もうこの世にないものと思っていた。本当に素晴らしい成果だ」

「これで国の威信とやらは守れたかしら」

「そうだな。宰相としての私はこの結果に満足している。ただ――」

グレアムは、右手でかるく自分の前髪を梳《す》く。

はらり、と前髪が額に落ちた。

「子供が山に捨てられたまま命を落とすというのは、ひとりの親としてあまりに目覚めが悪すぎる。そうならずに済んで、本当によかった。お前には心から感謝している」

グレアムはこちらに向き直ると、深く深く、頭を下げた。

「珍しいこともあったものね。あの〝氷の宰相〟が誰かに頭を下げるだなんて」

「お前は私を何だと思っている」

「国のためなら王でも娘でも利用する、冷酷無慈悲な宰相サマかしら」

冗談めかして答えると、フィオリアは長い黄金色の髪をかきあげた。

ふわりと髪が広がり、夕陽に反射してキラキラと輝く。

グレアムに褒められたのが嬉しいのだろうか、表情はいつもより得意げだ。

「ところでお父様。子供がおつかいを見事にこなしてきたのだから、ご褒美くらいは用意してあるのでしょうね？」

もちろんフィオリアは、本気で〝ご褒美〟をせびっているわけではない。

ふと、興味が湧いたのだ。

現役宰相、つまりはこの国の貴族でもトップの地位にいる父が、グランフォード商会の会長にして娘の自分に何を渡してくれるのか。極端な話、軽口の応酬《おうしゅう》だけで終わっても、それはそれで面白いと思っている。

「褒美、か」

ふうむ、と口元の白い髭《ひげ》を撫でながらグレアムは考え込む。

その表情は……普段のグレアムらしからぬ、どこかいたずらっぽいものだった。

「あら」

フィオリアとしては、ちょっと意外な印象だった。

お父様ったら、まるで少年みたいな顔つきもできるのね。

いったい何を思いついたのかしら。

……普段クールな人がはっちゃけると大惨事になるものだけど、ええと、大丈夫?

だんだん、妙な不安が胸に広がっていく。

グレアムからつつーっと目を逸《そ》らして窓の下を覗《のぞ》くと、屋敷の玄関にグランフォード商会の馬車が止まっていた。そばには赤髪で隻眼の、まるで軍人じみた服装の女性が立っている。ヴィオラだ。手筈通り、ヴィンセント王子をここまで運んできてくれたのだろう。

ふと、ヴィオラが動きを止めた。

くるりとこちらを振り向くと、ぺこり、と頭を下げた。

「……よく分かるものね」

ここは屋敷の二階で、玄関口からはそれなりに離れている。にもかかわらず、ヴィオラはフィオリアの視線に気付いてみせた。

さすが歴戦の女騎士というべきか、あるいは、フィオリアへの忠誠がなせるわざか。

いずれにせよ、予想外の展開が面白く、フィオリアはクスリと笑ってしまった。

「フィオリア」

「はい?」

父親に名を呼ばれ、フィオリアは視線を戻す。

グレアムは、まるで悪役のようなニヤリとした笑いを浮かべていた。……お父様としては何か愉快なことを思いついたのでしょうけど、普段笑い慣れてないせいでしょうね。腹黒そうにしか見えないわ。

「お前の領主代行を、半年、延長してやろう」

「あら、いいの?」

フィオリアはこの一年で多くの領地改革を成し遂げてきたが、どうにも時間不足は否《いな》めない。やり残しもあったものだから、グレアムの提案は渡りに船だった。

「代わりといってはなんだが、ヴィンセント殿下のことを任せる。もし殿下が国を背負って立つ人間ならば、領主として働くお前の姿から何かを学び取るはずだ」

「……私に、ヴィンセント殿下の器を見極めろ、と?」

「否定はせん」

「褒美どころか、おつかいを増やされてるような気がするわね。まあ、いいけれど」

「お前の人を見る目は確かだ。だからこそグランフォード商会も一年であそこまで大きくなった。その鑑定眼を、どうか国のために使ってほしい。以上だ」

グレアムは、話は終わりだ、とばかりに明後日《あさって》の方向を向いてしまう。……要するに照れていたのだ。彼は父親として娘を真正面から褒めるということに慣れていない。途中で気恥ずかしくなり、国がどうのこうのと言い始めたのである。

「まったく、お父様ったら不器用ね」

「……昔、フローラにも同じことを言われた。分かっているが、直らんな」

「きっとお母様も天国で笑っているでしょうね。……ああ、そうそう。結局、ヴィンセント殿下の扱いはどうなっているの？　我が家で保護していることを、陛下はもう知っているの？　それとも秘密裏に匿っておくつもりなのかしら」

「その件だが、陛下には包み隠さず報告してある」

「度胸があるわね、お父様」

「アイザック王は耳聡《みみざと》いからな」

「隠したところで突き止められる可能性がある、と。それで、我が家への処分は？」

「ない」

「……どういうこと？」

フィオリアは怪訝《けげん》そうな視線をグレアムに向けた。

戸惑いのあまり、大きな目を何度もパチパチとまばたきさせる。

「今回ばかりは私にも理解できん。陛下には陛下なりの考えがあるのだろう。『アレがオレの視界から消えればそれでいい』らしい。それからこうも言っていた『改めてモルオール侯爵家に運ぶのも面倒だ。貴様のところで育てるがいい』と」

「つまり、陛下公認でヴィンセント殿下を預かることになった、のかしら」

「その通りだ。それと、お前とオズワルドの婚約だが――」

「もしかして、このまま継続かしら。……ややこしいことに、なったわね」

フィオリアは、かたちのよい眉《まゆ》をひそめずにいられない。

ここで一度、我が家の政治的なポジションを見直してみましょうか。

長い歴史を持ち、トリスタン王国でも最大の領地を持つフローレンス公爵家。

当主グレアム・ディ・フローレンスは、現役の宰相職。宮廷貴族のトップに君臨している。

その娘フィオリア・ディ・フローレンスこと私は、第一王子オズワルドの婚約者。

さらにこのたび第二王子ヴィンセントを預かることになったわけで……。

うん、この家、客観的に見るとものすごく危険よね。

だって、家柄も権威もあるうえ、将来的には王位を争うであろう第一王子と第二王子、その両方を抱えているんだもの。

実質的に、トリスタン王国の未来を握っているのも同じ。

ちょっと重たすぎるわ、コレ。

……もしかするとアイザック王は、とんでもない策士かもしれないわね。

我が家に処分を下さないと言いながら、それ以上の責務を押し付けてきたわけだし。

さて、どうすればいいのでしょうね？

＊　＊

遡ること数日前。

宮中、国王の私室にて。

宰相グレアムはアイザック王のもとを秘密裏に訪れると、今回の一件について報告した。

娘のフィオリアに命じ、ヴィンセント王子を保護させた、と。

結果から言えば、大きなトラブルには発展しなかった。

「アレがオレの視界から消えればそれでいい」

アイザック王は、ヴィンセント王子のことを「アレ」と呼ぶことがある。

実の息子でありながら、その心の距離はあまりに遠い。

「あらためてモルオール侯爵家まで運ばせるのも面倒だ。貴様のところで預かっておけ」

「……は？」

「グレアムよ。貴様でも戸惑うことがあるのだな」

クク、と皮肉げに笑ってみせるアイザック王。

「貴様はオレの意向に逆らい、ヴィンセントのヤツを山から拾ってきた。……賢い貴様のことだ、もうとっくに、何らかの処分が下ることは覚悟しているのだろう？」

「宰相職を解《と》かれるであろう、とは」

「安心しろ。いや、この場合は覚悟しろ、か？　貴様は優秀だからな。絶対に逃がさん。このまま宰相として、愚《おろ》かなオレをそばで支え続けろ。いいな？」

「……処分はない、と」

「その通りだ。いや――」

アイザック王は、蒼色の瞳を酷薄《こくはく》に細め、足元に跪くグレアムを見下ろす。

「貴様の娘は、オズワルドのやつと婚約させていたな。つまりフローレンス公爵家は、第一王子、第二王子の両方を抱えることになるわけか」

「婚約を破棄されますか」

「否だ。オズワルドは、オレと同程度にはろくでなしだからな。貴様がオレのせいで苦労するように、貴様の娘もオズワルドという厄介事を抱え込むがいい。それが処分といえば処分だ」

「……恐れながら我が娘フィオリアはじゃじゃ馬です。むしろオズワルド殿下が苦労なさるかと。あるいは、殿下の方から婚約破棄を願い出ることもありえましょう」

「その時は突っぱねるとしよう。オズワルドも、ベロニカが生んだ子供だ。オレにとっては忌々《いまいま》しい存在だよ。……まあ、フィオリアが婚約破棄を言い出したなら、認めても構わんがな。オズワルドの王位継承権だって剥奪《はくだつ》してやろう。いっそ貴様の娘に王位を投げ渡してもかまわん。優秀な人間なのだろう。オレとて、それくらいは知っている。領主代行にしてグランフォード商会会長。他にもいろいろと肩書きがあったな。能力に加えて、見た目も悪くない。いや、極上の部類だ。なにより、グレアム、貴様の娘であるという点が素晴らしい。後妻によこせ、と言いたくなる」

「……陛下」

「そう睨むな。お前も一人の父親なのだな。仏頂面《ぶっちょうづら》が崩《くず》れかけているぞ」

このときグレアムは、顔にわずかながら怒気《どき》を滲ませていた。

アイザック王はそれを面白がってか、口の端をニヤリとゆがめる。

「いずれにせよ、フローレンス公爵家への処分はない。フィオリアとオズワルドの婚約もそのままだ。ヴィンセントは好きに扱うがいい。……なあ、グレアム。第一王子と第二王子をひとつの家が独占するというのはどうなんだ？　この状況はトリスタン王国のためになるのか？　クク、さあ悩め悩め、国に忠誠を捧げてやまない宰相よ。悩みながら血反吐《ちへど》に塗れてオレを支えろ」

この後、アイザック王からフローレンス公爵家に向けて内々に勅令《ちょくれい》が下された。

内容は、次の三つ。

一、第二王子ヴィンセントはフローレンス公爵家にて成人まで養育せよ。

二、フローレンス公爵家令嬢フィオリアは、第一王子オズワルドとの婚約を自由に破棄できる。
（オズワルドからの婚約破棄はいっさい認めない）

三、フローレンス公爵家令嬢フィオリアには、次の王位継承者の指名権を与える。
第一王子オズワルド、第二王子ヴィンセント、そしてフィオリア自身から選ぶこと。

＊　＊

かくしてフィオリアはもう半年ほど領主代行を続けることになった。

ただし今回は隣にヴィンセントを連れており、彼の教育という面も兼ねている。

「フィオリア、ここの数字、おかしくない？」

「あら、よく気付いたわね」

ヴィンセントは評判通りの優秀な子供だった。

たとえばフィオリアが領政の書類をチェックしていると、ソファで横にピッタリとくっついているヴィンセントが道路整備の予算申請の欄を指差した。

「ここの工事って、そんなにお金いるのかな？」

ヴィンセントは、すぐ近くに畳《たた》んであった領内の地図を手に取ると、テーブルの上に広げた。

「川があるけど、もう橋がかかってるよね。わざわざ作り直さないといけないの？」

「必要ないわね」

フィオリアは先立って、領内の視察を済ませている。

話題になっている川には、とっくに頑丈《がんじょう》な橋が架かっている。

しかも二年前に改修が行われたばかりだ。

「改修は領主代行になる以前のことだけど、私が何も把握していないと思ったのかしら。舐められたものね」

その日のうちにフィオリアは予算申請を行った者を突き止めた。

どうやら予算の着服を目論《もくろ》んでいたらしく、厳しい罰を下すこととなった。

また、フィオリアはヴィンセントに対し、商会の会長としての顔も見せていた。

「フィオリア様、来月開店の高級レストランですが、そろそろ広告に力を入れていこうかと」

「そうね、ヴィオラの言う通りだわ。メインターゲットは、平民でも富裕層よ。具体的には、貴女と同じ、東方貿易で成功を収めている商人たちよ。彼らはみんな、貴族のような暮らしに憧《あこが》れてるわ。豪華な食事、丁寧なもてなし、周囲からの敬意――そういうサービスを前面に押し出して、新興の商人たちを掴んでいきましょう。彼らが貴族家から巻き上げたお金を、今度は私たちが吸い上げるの。いい？」

「はっ！　お任せください！　それでは失礼いたします！」

騎士の礼を執《と》ると、ヴィオラはフィオリアの執務室を出てゆく。

「な、なんだかすごい人だったね……」

今回もヴィンセントは、フィオリアのそばにピッタリくっついている。

最初のころの警戒心はどこへやら、仔犬のような懐きっぷりでフィオリアとしては可愛らしく感じていた。

「フィオリア、すごくかっこよかった。まるで王さまみたい」

「王様、ね。……もしかすると、貴方もそうなるかもしれないわね。第二王子なのだから」

「ボクはそういうの、どうでもいいよ」

ヴィンセントは暗い声で呟くと、ソファに腰掛けたまま、フィオリアの腕にしがみついた。

「おとうさまは、おかあさまをころしたんだ。あんなヤツとおんなじなんて、イヤだ。……フィオリアは、しなないよね？　おとうさまにころされないよね？」

「だいじょうぶよ、ヴィンセント。私がそう簡単に死ぬはずがないでしょう」

「うん……」

ヴィンセントは小さくうなずいたものの、母親を亡くしたことが大きなトラウマになっているのだろう。フィオリアを失うことを恐れてか、普段以上に彼女にべったりだった。


「ヴィンセント殿下、お召し物をどうぞ」

「う、うん……ありがとう」

「お嬢様の従者として、客人をもてなすのは当然のことですから」

ヴィンセントがやってきたことでフィオリアの生活には少なからず変化が訪れたが、その中でも大きなひとつは、レクスオールの物腰だった。

「お嬢様、本日の予定ですが、午前中は王都のレストランを視察、午後からはグランフォード商会本部で輸出部門の会議となっております。夜はフランツ銀行のパーティーがありますので、近くに宿を用意しました」

「ご苦労様。付き人ぶりが板についてきたわね、レクス」

「お褒めに与《あずか》り恐悦至極《きょうえつしごく》です、お嬢様」

レクスオールは、ヴィンセントと二歳違いの九歳。

しかしながら四六時中フィオリアにべったりと甘えてばかりのヴィンセントを意識してのことか、

この数ヶ月で急に大人びたふるまいをはじめた。また、フィオリアの飼い犬……名をモフモフというが、その世話係もみずから買って出た。

「背伸びもいいけれど、あまり無理をしないようにね」

「ありがとうございます。ですが、一日もはやくお嬢様にふさわしい男になりたいので」

「そう。いい心掛けね」

フィオリアとしては、レクスオールの成長ぶりを微笑ましい気持ちで眺めている。

ヴィンセントというライバル（？）の存在が刺激になっているのだろう。

かといってヴィンセントといがみ合うわけではなく、それなりに良好な関係を築いているらしい。


やがて半年が過ぎ、フィオリアが領主代行権をグレアムに返す日が近づいてきた。

秋からは王都の貴族学校へ戻ることになる。

ヴィンセントはフローレンス公爵領にとどまるので、一度離れれば、次に会えるのは年末の休みだろう。……きっと泣いて寂しがるでしょうね。どうしてあげればいいかしら。

そんなことを考えながら、フィオリアは自室で机に向かっていた。

東方製の羽根ペンをサラサラとノートに走らせる。

丁寧な字体で、誰の目にも読みやすい。

……が、書いてある内容は、他の誰にも理解できないものだった。

『深き眠りのアムネジア』
『乙女ゲーム』
『攻略対象』
『好感度』
『フラグ』
『隠しキャラ』
『貴族学校』
『新入生歓迎のパーティー』
『テスト勉強』
『夏休みのお泊りイベント』
『秋のダンスパーティーでルート固定』
『生徒会選挙』
『体育祭』
『文化祭』
『年末の舞踏会』
『エンディング』

どれもこれも、最近になって何度も頭をよぎるようになった言葉。

フィオリア自身も意味が分からない。

だが、そのどれもが大きな意味を持つように感じられる。


いったいなんでしょうね、これは。

途中からは貴族学校の年間予定表みたいになっているけれど、予知夢に近いものかしら。

夏休みはもうおしまいだから、つぎは秋のダンスパーティー？

ルート固定って、どこに行くのやら。

……分からないわね。


「はぁ……」

つかみどころのない記憶に、フィオリアはため息を漏らす。


――コンコン、コンコン。


ドアがノックされたのは、その時だった。

「誰かしら？」

「ボクだよ。フィオリア、入っていい？」

「ヴィンセント？　どうしたの、こんな夜更けに」

すでに日付も変わろうという時間帯だ。

ヴィンセントは七歳、まだまだ子供だ。

もうとっくにおねむの時間のはず。

いったい何があったのだろう。

フィオリアはうん、と伸びをすると、ヴィンセントを部屋に迎え入れた。

ベッドの縁にお互い並んで腰かける。

「もしかして、眠れないの？」

ヴィンセントはときどき、フィオリアに添い寝をねだることがあった。

雨風が強い日、怖い話を聞いた日、母親のことを思い出した日――。

一週間に二日くらいは、この部屋で眠っている。

「ちがうよ。フィオリアに、ききたいことがあるんだ」

「何かしら？」

「えっと……」

なぜかヴィンセントはためらいがちに視線を外した。

とても言いづらそうに、モゴモゴと口籠《くちごも》っている。

その指は、落ち着かなげに青髪をいじっている。

やがて何度か、すぅ、はぁ、と深呼吸を繰り返したあと、幼いながらも真剣な蒼い瞳でこちらを見つめて、こう訊《たず》ねてきた。

「――フィオリアは、オズワルド兄《にい》の婚約者なの?」

「ええ、そうよ」

ヴィンセントの問いは、フィオリアにとっては今更《いまさら》のことである。

むしろとっくに説明したつもりだったが、よく考えれば、この半年、ヴィンセントの前でオズワルドを話題に出したことはない。宮中でのつらい記憶を呼び起こしてしまうかという配慮だった。

「じゃあ、そのうち、オズワルド兄が王さまで、フィオリアがお妃《きさき》さま?」

「かもしれないわね」

「そっか……」

俯くヴィンセント。

やや長めの前髪も、へにゃり、とどこか元気がない。

「オズワルド兄は、おとうさまに似てるよ。うまく言えないけど、そっくりなんだ。……だから、フィオリアも、おかあさまみたいに殺されるかもしれない」

「私に、オズワルドと結婚するな、と言いたいの?」

「うん……でも、無理だよね」

ヴィンセントは両手をかるく組んで、親指どうしをクルクルと回していた。

表情はどこか自信なさげで、声も弱々しい。

彼自身分かっているのだ。

ふつう、婚約というものはそう簡単に覆《くつがえ》せるものではない、と。

実のところ、半年前にアイザック王が言った通り、フィオリアはオズワルドとの婚約をいつでも自由に破棄できるのだか、もちろんそれをヴィンセントが知るはずもない。

そしてフィオリアも、敢《あ》えてそれを教えようとはしなかった。

代わりに、俯いたヴィンセントの顔を両手で挟み込むと、ぐい、と自分のほうを向かせた。

「ヴィンセント、貴方、負け犬の目をしているわね」

フィオリアはひどく冷たげな口調で、そう言ってのけた。

「……っ！」

まさかフィオリアから突き放されると思っていなかったのか、ヴィンセントは固まってしまう。

目の端にじわりと涙が浮かび、表情が崩れる。いまにも声をあげて泣き出しそうなほどだった。

「父親に母親を殺され、宮廷を追い出され、今度は兄のオズワルドに私を奪われる。……ヴィンセント、貴方にとってはさぞかし無念でしょうね。それでいいの？　悔しくはないの？」

「それ、は……」

「半年前、私とはじめて出会ったときの貴方はどこにいったのかしら？　――必ず生きる。生きて帰って、父親に復讐する。貴方はそう宣言したはずよ。あのころの貴方は、本当に素敵だった」

フィオリア・ディ・フローレンスは、何か強い意志をもった人間を好む。

たとえばそれは、貧しい孤児でありながら強く生きようとしていたレクスオールである。

たとえばそれは、身体を売ってでも家族を養おうとしたヴィオラである。

そして、半年前、絶体絶命の危機にありながら決してあきらめようとしなかったヴィンセントも、フィオリアにとっては愛《め》でるべき存在だった。

いまのヴィンセントは甘えん坊になってしまっているけれど、まあ、それは仕方ないわ。母親を失った心の傷を癒すのに必要なことだし、私も意図的に甘やかしていたから。

でも、そろそろヴィンセントも大丈夫でしょう。

半年間、ずっと一緒にいたから分かるわ。

そろそろ発破《はっぱ》をかけるべき時期よ。

頑張ってちょうだい、ヴィンセント。

貴方ならこのくらいの荒療治《あらりょうじ》、きっと乗り越えられると信じているから。

「ねえヴィンセント、貴方は私にどうしてほしいの？　――貴方は、私とどうなりたいの？」

「どう、って……」

「人間はいつまでも同じ場所に留まっていられないわ。私はじきに王都の貴族学校に戻るし、卒業すればオズワルドとの結婚式よ。私はそのまま宮廷で暮らすことになるでしょうね。だからヴィンセント、貴方と一日じゅう過ごしていられるのは、いまが最初で最後なの。それを踏まえて、答えてちょうだい。――ヴィンセント・ディ・トリスタンは、フィオリア・ディ・フローレンスに何を望むの？」

何かを言いかけて、しかし、途中でやめてしまう。

ヴィンセントの顔は赤々と染まり、熟れた果実のようだった。

「ボクは、フィオリアに……フィオリアと……、フィオリアのことが………」

己の気持ちにぴったりな言葉を探すように、何度も何度も、フィオリアの名前を口にする。

蒼い瞳はずっと正面のフィオリアから逸らされたまま、何度もまばたきを繰り返す。

けれどやがて、意を決したように、視点が定まる。

口元を一文字に結んで、まっすぐフィオリアを見つめる。

「ボク、は……」


いい表情ね、ヴィンセント。

瞳にしっかり意志が乗ってるわ。


フィオリアは、ヴィンセントの顔を挟んでいた手を離すと、大きな翡翠色の瞳で彼を見つめ返す。

しばらく、無言の時間が流れた。

やがてヴィンセントは、ゆっくりと、しかし、はっきりとした声で、告げた。

「ボクは、フィオリアが好きだ。お嫁さんにしたい」

それは幼いヴィンセントなりの、全身全霊のプロポーズ。

フィオリアは決して笑ったりしなかった。

茶化《ちゃか》しもせず、受け止める。

「ありがとう。貴方の気持ちは嬉しいわ。けれど、私はオズワルドの婚約者よ」

「分かってる。だから、オズワルド兄《にい》から、奪うんだ」

「どうやって?」

「……ボクが、王さまになればいい。おとうさまを追い出して王さまになれば、おかあさまのカタキもうてるし、フィオリアをお嫁さんにできる」

「国王の座に興味はなかったのでしょう?」

「でも、ボクは、フィオリアといっしょにいたいんだ。ずっとそばにいてほしいんだ。……だから、ボクは王さまになる。王さまになって、フィオリアをむかえにいくよ」

「そう。それが貴方の決意なのね」

ふふ、とフィオリアは微笑む。

「だったら約束しましょう。

ヴィンセント、私が欲しいなら、オズワルドを退けて、この国ごと奪ってみせなさい。

もしも王位についたなら、その時、私は貴方のものになってあげるわ」

＊　＊

夏が終わるとフィオリアは領主代行権を返還し、王都の貴族学校へ復帰した。

もともと彼女は生徒らから人気であり、久しぶりに登校するだけで貴族学校はてんやわんやの大騒ぎになった。

「おかえりなさい！　お姉様！」

「領地でのご活躍は耳にしていましたわ！　どうか詳しい話をお聞かせくださいませ！」

「復帰のお祝いにクッキーを焼いてきたんです！　その、フィオリア様に食べていただけたらなあ、って……」

手渡された小袋は、リボンで可愛らしくラッピングされていた。

その場ですぐクッキーを食べてみたが、どうにも焼きすぎでほろ苦い味だった。

けれど「せっかく手の込んだ包装までしてくれたんだから」と考え、フィオリアは笑顔のままで食べきった。

せっかく自分のために作ってくれたのだ。

ありがたくいただくのが礼儀というものだろう。

一年半ものあいだずっと休学していたが、貴族学校に留年という制度はない。

誰もが十五歳で入学して十八歳で卒業する。

そもそも貴族としての教育はそれぞれの家で行われるため、貴族学校という制度はとっくに形骸《けいがい》化《か》している。最近では成人前のコネづくりといった面が強い。

フィオリアは今年から三年生、最終学年である。

同級生たちは変わらぬ親しさで迎え入れてくれたが、貴族学校ではひとつの変化が起こっていた。

「昨年、オズワルド王子が入学されたのですが、その」

「お姉様の婚約者を悪く言うのは憚《はばか》られるのですが……」

フィオリアの婚約者、第一王子オズワルドはずいぶん女子から嫌われているようだった。

オズワルドはフィオリアのひとつ下で十六歳、幼いころからの付き合いだ。

最後に会ったのは貴族学校を休学する前だった。ちょっとキザなところはあるけれど、根はとても素直な子だったはずだ。そのあと、なにか理由があって歪《ゆが》んでしまったのだろうか。

「オズワルド王子ったら、お姉様がいないのをいいことに好き放題してるんです」

「イソルテ男爵家の平民娘に惑わされて……」

「正直、王家への忠誠心もなくしてしまいそうですわ」

令嬢たちの話を聞くに、どうやらオズワルド王子はひとりの少女にご執心《しゅうしん》らしい。

アンネローゼ・ディ・イソルテ。

もともとは平民として暮らしていたが、イソルテ男爵家の落胤《らくいん》であることが判明し、貴族の仲間入りを果たした。

ちょうどフィオリアが休学していた時期のことである。

アンネローゼは平民育ちのためか天真爛漫《てんしんらんまん》な性格で、他の令嬢とは毛色の異なる存在であった。

それが男子生徒らにとって魅力的に映ったらしく、彼女に思いを寄せる者も少なくない。

いまでは何十人もの取り巻きが生まれ、オズワルド王子はその筆頭だという。

「ふうん」

事の顛末《てんまつ》を聞いたフィオリアは、しかし、まったく動揺の色を見せなかった。

教室の机で頬杖をつきながら、ただ、余裕の表情で女子生徒たちの話に耳を傾けている。

「お姉様、お怒りにはならないのですか？」

「オズワルド王子も男の子だし、火遊びがしたい年頃なんでしょう？　それくらい許してあげるわ」


若いうちこそ、ひとつふたつ恋愛を経験して、痛い目を見ておいたほうがいいんじゃない？

国王になったあと女性関係でやらかせば、それはトリスタン王国が傾くきっかけになりうるもの。


「なんてお優しい」

「王太子妃になる方は度量が違いますわ」

「それに比べてあの泥棒猫のアンネローゼは……」


アンネローゼって子、ずいぶんとまた評判が悪いみたいね。

典型的な、女子から嫌われる女子、かしら。

ま、そっちはどうでもいいわ。

私としては、オズワルドに注意しておきたいところね。

別に浮気を咎《とが》めるわけじゃないわ。

ただ、ね。


「仮にも王家の男が、いち令嬢の取り巻きだなんて情けない。どうせなら、他のライバルを片っ端から蹴落とすくらいの気概《きがい》を見せてほしいものね」

フィオリアが黄金色の髪の毛を悠然と掻《か》き上げながら言い放つと、周囲の令嬢たちは「さすがお姉様は器が大きいですわ……」と感嘆のため息を漏らした。


それからいくつかの授業を挟んで、放課後。

「フィオリア・ディ・フローレンス！　お前との婚約を破棄させてもらう！」

中庭のテラスで友人たちとお喋《しゃべ》りをしていると、オズワルド王子がやってきて、急にそんなことを言い出した。

「へえ」


あら、なかなか面白い展開だこと。

オズワルドったら、アイザック王から何も聞いていないのかしら。

貴方には婚約破棄の権限なんて認められていないのよ。

むしろ私の心証《しんしょう》を悪くすれば、王位すら危ういのだけれど……まあ、いいわ。

このくらいで腹を立てたりしないから安心してちょうだい。

むしろ貴方の成長を喜んでいるくらいなのだから。

六年前の貴方は、ものすごく気弱で、私の陰に隠れてばかりだったものね。

それが背も伸びて身体もがっしりして、決意に燃えた表情で、私に婚約破棄を突き付けている。

王族としての風格が備わってきている、と解釈しましょうか。

評価に値するわ。

恋で男は変わると言うけれど、本当に、その通りみたいね。


オズワルドの成長ぶりを目の当《ま》たりにして、フィオリアはついつい笑みを浮かべてしまう。

「貴様！　王子に対して無礼だぞ！」

声をあげたのは、オズワルドの隣にいた男子生徒。

近衛《このえ》騎士団団長の息子で、名前はケネスだったか。

ケネスは鼻息を荒くしながら、フィオリアの肩を掴んだ。

そのまま腕をねじりあげて地面に引き倒そうとした……が、しかし、何も起こらない。

フィオリアは悠然と椅子に腰かけ、優雅に紅茶を嗜《たしな》んでいる。

「肩でも揉んでくださるのかしら？」

ケネスは十六歳のわりに立派な体格だが、どうにも相手が悪すぎた。

フィオリアは華奢な身体つきながら、幼いころは軍人の母に鍛えられ、長《ちょう》じてからは領内の魔物退治も行っていた。

ケネスとは存在の格《レベル》というものが違う。村人が徒手空拳《としゅくうけん》で魔王に挑むようなものだ。

ところでこの時オズワルドは、ケネスのほかにも十数名の男子生徒を連れていた。

いずれもアンネローゼの取り巻きである。

裏庭のテラスには他の一般生徒の姿もあったが、彼らがオズワルド一行に向ける視線は痛ましいものを見るかのようだった。

なにせ相手は、あのフィオリア・ディ・フローレンスである。

曰く、入学後一週間で校長の不正を暴いて簀巻《すま》きにした。

曰く、子爵家令嬢を脅《おど》して襲おうとした侯爵家長男を、ボコボコに叩きのめして去勢した。

曰く、王都にはびこる麻薬組織の本拠地を更地に変えた。

ひとたび悪と見れば徹底的に叩き潰す、嵐のような公爵令嬢。暴風の女帝。

それが一般的なフィオリアのイメージである。

オズワルドはアンネローゼに浮気しているわけだし、次の瞬間、フィオリアから袋叩きにされてもおかしくない——。

誰もがそう考えていた。

「婚約破棄の理由を伺《うかが》ってもいいかしら？」

だが周囲の予想を裏切って、フィオリアは何もしなかった。

せいぜい、右手に持っていた紅茶のカップを丸テーブルに置いたくらいか。

「とぼけるな！　アンネローゼへの嫌がらせ、その黒幕がお前なのは分かっているんだ！」

「そう言われても、私は一年半ものあいだずっと休学していたのだけど」

「公爵家の地位を笠《かさ》に着て、他の令嬢にやらせていたんだろう！」

「証拠はあるの？」

「話を逸らすのが何よりの証拠だ！　アンネローゼも犯人はお前だと言っている！」

「つまり王子は、私がアンネローゼを虐《いじ》めていたから婚約を破棄する、と」

「そうだ！　俺と彼女の仲を認めていれば、正妃の座くらいはくれてやっていたものを。自業自得だ、後悔しろ！」

「………………興醒《きょうざ》めね」

失望を隠そうとせず、フィオリアは嘆息《たんそく》した。

ここでオズワルドが、アンネローゼへの愛を語っていれば、二人の仲を祝福してもよかった。

フィオリアも婚約破棄に同意し、すべては円満に終わっていただろう。

だが、オズワルドはありもしない罪をでっちあげ、フィオリアを悪役に仕立て上げようとした。

それが、フィオリアの逆鱗《げきりん》に触れた。

いや、怒りを通り越し、感情が絶対零度まで冷めていく。

「言いたいことはそれだけかしら、オズワルド？」

フィオリアの顔からは、およそ表情というものが抜け落ちていた。

氷の宰相と呼ばれる父グレアムを思わせる、ひどく冷たい顔つき。

抑揚《よくよう》の消えた声は、静謐《せいひつ》な威圧感を生み出す。

「ひっ…………」

オズワルドの強気は、どうやらひどく薄っぺらなものだったらしい。

フィオリアの雰囲気が一変しただけでオズワルドは怯えきり、二歩、三歩と後ろに下がる。

このままであれば、もしかするとオズワルドは土下座して謝っていたかもしれない。

だがここに思わぬ味方が現れる。

「フィオリア様、どうか素直に罪を認めてください！」

人垣を割ってぴょこんと現れたのは、ふんわりとした栗色の髪の少女。

やや垂れ気味の瞳は、いかにも男たちの庇護《ひご》欲をくすぐりそうな雰囲気を漂わせていた。

アンネローゼ・ディ・イソルテその人である。

フィオリアとしては、どこか嘘くさいというか、「作っている」印象を受けた。

「ちゃんと謝ってくれるなら、あたしへの嫌がらせは水に流します。フィオリア様の罪が軽くなるよう、国王様に口添えもしてあげますから」

「身に覚えのない罪だもの。認めるわけがないでしょう」

「そんな、あたしはフィオリア様のために譲歩してあげてるのに…………」

よよ、と泣き崩れるアンネローゼ。

取り巻きたちはそんな彼女を案じ、慰めの言葉をかけるとともに口汚くフィオリアを罵《ののし》った。

「オレたちのアンネちゃんを泣かせるなんて！」

「公爵令嬢だからって偉ぶるんじゃない！」

「こんな悪女が第一王子の婚約者だったなんて！」

「それにひきかえアンネちゃんはなんて優しいんだ！」

「……馬鹿馬鹿しいわね」

フィオリアは冷ややかな目で男たちを眺める。

同じ女からすれば、アンネローゼの嘘泣きは明白だ。異性の同情を集めるためのアピール。

そもそも彼らが言うほどアンネローゼは心の清い人間だろうか？

言葉の端々《はしばし》から、どうにも傲慢さというか優越感が滲み出ている。

「こんな女に引っかかるだなんて、オズワルド、貴方ってどうしようもないわね」

この半年で、ヴィンセントの器は見定めた。

次の半年でオズワルドの器を測るつもりだったが、もういいだろう。

オズワルドの底は知れた。

ヴィンセントを国王として擁立しよう。

「婚約破棄に同意してあげる。貴方はその子と幸せに暮らすといいわ」

ただ、いかにも計算高そうなアンネローゼが、王位継承者でなくなったオズワルドを見放さずにいるかどうか、かなり怪しいところではある。

「まあ、私の知ったことではないわね」

嘆息とともにフィオリアは立ち上がる。

立とうとして、ぐにゃり、と視界がゆがむ。

「えっ…………？」

足に力が入らず、地面に膝《ひざ》をついてしまう。

「お姉様⁉」

「フィオリア様⁉」

「しっかりなさってくださいまし！」

令嬢たちが左右で声をあげる。

「どうやら薬が効いてきたようだな、フィオリア」

急に得意げな様子で語りかけてきたのは、オズワルドである。

「朝、女子生徒からクッキーを渡されただろう。あれには薬が入っていてな、アンネローゼが故郷から持ってきてくれたんだ。遅効性《ちこうせい》の自白剤だ。さあ、お前の罪をすべて吐いてもらおうか」

「……………ぅ…………ぁ…………――――」

だがフィオリアは何も言うことができなかった。

全身が痺《しび》れて、だんだん息苦しくなってくる。

呼吸が止まりかけた。

これは自白剤なんかじゃない。

明らかに、人を殺すための毒だ。

薄れゆく視界の向こう、アンネローゼの顔が見えた。

男たちには気付かれないよう巧妙に俯きつつ――――計算高い笑みを浮かべていた。

＊　＊

フィオリアは王立病院に運び込まれたものの、盛られたのは東方由来の猛毒であり、解毒剤など存在しない。生きるか死ぬかは本人次第。

結果から言うと、フィオリアは奇跡的に一命を取り留めた。

だがそのまま昏睡《こんすい》状態に陥ってしまい、どんな魔法でも彼女の目を覚ますことはできなかった。


さて、この事件――『フローレンス家公爵令嬢毒殺未遂』は、トリスタン王国を大きく揺るがせることとなる。

なにせ第一王子が、国の筆頭貴族の一人娘を殺害しかけたのである。

オズワルド本人は「毒と思っていなかった」「アンネローゼからは自白剤と聞いていた」「オレは騙されたんだ」などと主張したが、決して許される行いではない。

オズワルドは王位継承権を剥奪され、宮殿の時計塔へと幽閉される。

一方、他の男子生徒らはやたらと息巻いていた。

彼らはアンネローゼが悪事を働いたとはまったく思っておらず、何かの間違いと信じ込んでいた。

むしろここでアンネローゼを支えてポイントを稼ぎ、他のライバルたちを出し抜くつもりだった。

「僕だけは君の味方だよ」

「家の権力を使ってでも無実を証明するよ」

「いざとなったら一緒に外国へ逃げよう」

取り巻きたちはそれぞれアンネローゼに優しい言葉をかける。


やがて、予想外の事態が起こった。


アンネローゼはどこかへと雲隠れしてしまい、さらに、彼女が他国のスパイということが明らかになったのだ。

取り巻きの男子生徒らは真っ青となった。

なにせアンネローゼの歓心《かんしん》を買うために、皆、競うようにして国や家の秘密をばらしていたのだから。

彼らはみな重い処罰を受け、ひどい場合は実家から勘当《かんどう》された。

そうして二十年の歳月が流れた――。

第二章　二十年後の世界にて

フィオリア・ディ・フローレンスは自分の運命というものを徹底的に信じている。

たかだか致死量の毒ごときで死ぬとは思っていなかったし、実際、その通りだった。

昏睡状態に陥ってから二十年後。

すこしだけ風の強い春の朝。

何の前触れもなく、彼女は目を覚ました。

＊　＊

フィオリアはとても寝起きがいい。

本人はときどき「朝はいつも低血圧に悩まされているの」と思い出したかのように病弱系令嬢アピールを始めたりもするが、当然ながら大嘘である。

すっきりさわやか、起きた時から百パーセント。

久しぶりの目覚めでもそこは変わらず、ふみゅふみゅと可愛らしくまどろむこともなく、パッと勢いよく跳ね起きた。

跳ね起きて――フィオリアを覗き込んでいた何者かに、勢いよくぶつかった。

「～～～～～～っ！」

フィオリアは石頭なので平気だったが、相手にしてみれば大打撃だったらしい。

額を押さえ、苦悶《くもん》の表情を浮かべている。

執事服の青年だ。

白磁《はくじ》の肌に、引き締まった細身。

玲瓏《れいろう》な顔立ちも相まって、その姿は一個の芸術品のように美しい。


思いっきり頭突きをかましたけれど、大丈夫かしら。

額、割れてたりしないわよね？


「ごめんなさい、怪我《けが》はない？」

「問題、ありま、せん」

口ではそう言うものの、青年はとんでもなく痛そうだ。

目の端にちょっと涙が浮かんでいる。

「それよりもお嬢様、オレのこと、分かりますか？」

「えっと……？」

フィオリアは首を傾げた。

フローレンス公爵家に仕える人間のことは、基本的にみんな記憶している。

それは上に立つものとして当然のこと……というのがフィオリアの信念だ。

にもかかわらず青年のことが思い出せず、フィオリアとしては頭に?マークを浮かべてしまう。

「ごめんなさい、前にどこかで会ったかしら?」

「オレはレクスです。レクスオール・メディアス。幼い頃、お嬢様に拾っていただいた孤児です」

「……レクス?」

さすがのフィオリアも、これには素直に驚いた。

翡翠色の瞳を大きく見開き、ポカン、と開けた口元に手をあてる。

「私、そんなに眠っていたの?」

「とても美しい寝姿でした。趣味の油絵に描かせてもらいましたが、ご覧になりますか」

「物好きね。私なんかを描いてもつまらないでしょうに」

と答えつつ、フィオリアは右手の人差し指をこめかみに当てる。

んんんん……と唸《うな》りながら記憶を遡った。

フィオリアの知るレクスは九歳の少年で、スラムの貧しい孤児である。

とはいえフィオリアは生まれや育ちで他人を蔑《さげす》むようなことはないし、とくにレクスの場合は頭の回転が速く、鋭い観察眼を持っていた。

その長所を見込み、自分の付き人としてフローレンス家に雇い入れたのだ。

「昔はもっと頼りない感じだったけど、ずいぶん立派になったのね」

「この二十年、お嬢様がいつ目覚めてもいいように準備してきました。身体を鍛え、魔法を学び、毒にも詳しくなりました。……世界中の何からも誰からも、絶対にオレが守ってみせます」

レクスはベッドのそばに跪くと、フィオリアの手を取った。

熱っぽい視線でこちらを見上げてくるレクスの姿は、たしかに二十年前の面影が残っている。

けれど、当然ながら二十年の月日は少年をずっと男らしく大人っぽく変えていて……そのギャップに、フィオリアは戸惑ってしまう。

「もう二度と、何者にも貴方を傷つけさせない。どうかオレを頼ってください、お嬢様」

しかも甘い低い声で囁《ささや》いてくるものだから、フィオリアは、彼女にしては珍しく照れてしまった。


ああもう。

この程度のことで動揺するなんて私らしくないわ。

二十年ぶりの寝起きで、まだ、気持ちがフワフワしてるからかしら。

すぅ。

はぁ。

深呼吸して落ち着きましょう。

何度も吸って、吐いてを繰り返し――ふと、気付いた。

自分が毒に倒れてから二十年が過ぎた。

はてさて、私はいま何歳だろう。

「レクス、鏡を持ってきてくれる？」

十七＋二十＝三十七。

残酷な現実。

眠っているあいだに十代も二十代も過ぎ去り、三十代も折り返し地点。

きっと外見は大きく変わっていることだろう。

シワだらけになってたらどうしよう、などと考えつつ、レクスの差し出した鏡を覗き込む。

「んん？」

おかしい。

眉を寄せる。

鏡の中の自分も、眉を寄せた。

みずみずしい白磁の肌。

翡翠の瞳に、太陽から祝福されたかのような黄金色の髪。

鏡に映っていたのは、かつてのままの自分だった。


「……どういうこと？」

＊　＊

不思議なことに、フィオリアはまったく歳をとっていなかった。

十七歳当時から変わらぬ外見。

寝たきりだったというのに手足も衰えていない。

医者や薬師《くすし》にも調べさせてみたが、理由はまったくの不明だという。

「そういえば、解毒しようとしていたわね、私」

意識を失う直前、死んでなるものかと全身の魔力を活性化させていた覚えがある。

それが何らかの効果を発揮したのかもしれない。

「まあ、細かい話はあとでじっくり考えるとしましょう。それよりもアンネローゼはどうなったのかしら。二十年前の借り、きっちり返させてもらわないと。あの子、いまはどうしてるの？　オズワルドと結婚して王妃にでもなっているのかしら」

「お嬢様が倒れた後、アンネローゼはどこかへ雲隠れしています。他国のスパイだったようですね」

「他国のスパイ！　ヒロインが⁉」

まあゲーム通りの主人公補正ならハニトラ要員としては最高でしょうけど……と呟いたところで、フィオリアは我に返る。

ヒロイン？　主人公補正？　ハニトラ？

なにそれ。

私の頭から出てきた言葉なのに、まったく意味が分からないわ。

そういえば、こんな感覚、二十年前にもあったような……。


——フィオリアがそれに気付くと同時、記憶がはじけた。


フィオリアは思い出す。

どうやら自分には前世というものがあったようだ、と。

日本という国に生まれた女性で、三十代半ばで命を落としている。

とある総合商社の経理課で、ずさんな領収書と戦う毎日。

会社のお金で遊ぼうとするバブル世代の中年たちを容赦なく叱《しか》り飛ばし、「経理の女王様」と呼ばれる始末。

なんだか今世とあんまり変わらない性格だが、身体はさほど頑丈じゃなかった。

毎日のように夜遅くまで働き、フラフラになったところで交通事故。

暴走トラックに撥ねられての即死だった。

そうして前世を振り返って、気付いたことがひとつ。

（この世界って、私の好きなゲームにすっごく似てない？）

会社では女王だなんだと恐れられ、恋愛とはまったく縁のなかった前世の自分。

おかげで心はいつも低血糖、甘いラブストーリーに酔いしれたい。

そんな自分にとって、乙女ゲームは人生の糖分補給だった。

休日はひたすらゲーム三昧。

たくさんの作品をプレイしてきたが、その中に『深き眠りのアムネジア』という作品がある。

時代は中世よりもちょっと先、大航海時代っぽいファンタジー世界。

平民育ちの主人公アンネローゼが貴族学校へと編入し、高貴な身分の青年たちと恋に落ちる。

いわゆる王道のシンデレラストーリーだ。

フィオリア・ディ・フローレンスは、このゲームの登場人物。

第一王子オズワルドの婚約者で、彼を攻略対象に選ぶとライバルキャラとして立ちはだかる。

とはいえ陰湿なイジメを行うわけではなく、アンネローゼがどんな人間かを知るため、正々堂々、真正面から対峙《たいじ》する。

グッドエンディングではアンネローゼを認めて身を引き、オズワルドとの仲を祝福してくれる。

フィオリアの振る舞いはどこまでも凛々しく、ユーザーからは「誰よりもイケメン」と好評だった（女性キャラなのに）。

人気投票では、攻略対象たちを置き去りにしてぶっちぎりのトップ（乙女ゲームなのに）。

まあ、強烈なアンチもいるにはいたが、それは人気キャラの常だろう。

前世の自分はさほどフィオリアには入れ込んでおらず、ある程度の距離を置いたまま「自分に似てるかも」と共感していたようだ。

実際、性格はかなり近く、前世と今世、二つの人格はさほどの混乱もなく統合されていた。

――けど、完全にゲームと同じってわけではなさそうね。

細かい点を挙げればキリがないが、大きなものとしては、アンネローゼの性格。

この世界のアンネローゼは純朴なヒロインからはほど遠く、男を惑わす狡猾な女スパイだった。

――それにしても、今更じゃない？

前世の自分は、乙女ゲームのほかにも、ウェブ小説を嗜んでいた。

その中にはライバルキャラに転生するような話もあったが、多くの場合、幼少期に記憶を取り戻していた。

ゲーム知識を使って未来を変えるが王道パターン。

だが、フィオリアの場合はどうだろう？

なにせいまは本編の二十年後だ。

ゲームに当てはめるなら、エンディングどころかスタッフロールもエピローグも通り過ぎている。

はてさて、前世の知識をどう役立てればいいのやら。

ゲーム本編を思い出しつつ、攻略対象の逆ハー？

いやいや、彼らもとっくに結婚してるはずだ。

むしろ子供だっているかもしれない。

ドロドロ展開はノーサンキュー。

だったら現代知識で内政チート？

いまさら？

二十年前に領政改革はやはり終わっている。


――でも、知識は荷物にならない。かならず使いどころがあるはずよ。


『深き眠りのアムネジア』の攻略対象たちは、それぞれ実家に大きな問題を抱えていた。

どれも一筋縄ではいかない厄介事ばかりだったが、それらはどうなったのだろう？

もし未解決のままであれば、手を貸すのも悪くない。

……フィオリアは唯我独尊《ゆいがどくそん》なところがあるものの、根っこはかなりの世話焼きなのだ。

ただし敵には容赦しない。

「ところでレクス、アンネローゼの実家……イソルテ男爵家はどうなったの？　取り潰されたの？」

「お嬢様、どうかお怒りにならず聞いていただきたいのですが……」

「あっ、これ絶対ろくでもない結果だわ」

「他国の支援を受け、トリスタン王国の北部領ごとイソルテ王国として独立しました。現在、我が国……というか、我が家と交戦状態にあります」

「ふうん」

フィオリアはすっと目を細めると、黄金色の髪をかきあげた。

窓から差し込む陽光に照らされた髪は、二十年前と変わらぬ、まばゆい輝きを放つ。

「……イソルテ家には少し痛い目を見てもらった方がよさそうね」

フィオリアは静かに笑みを浮かべた。

＊　＊

イソルテ男爵家が反乱を起こしたのは、アンネローゼが失踪してすぐのことだった。

いくら他国の支援があろうと、所詮《しょせん》は一男爵家。

兵力も経済力も大きくはないし、本来ならすぐに鎮圧されるはずだった。

そうならなかったのは、イソルテ男爵の隠された才能ゆえである。

冴えない太っちょの中年男爵……というのは世を忍ぶ仮の姿、本性は切れ者の策略家だった。

密かに周囲の新興貴族をまとめあげ、さらには「アンネローゼが手に入れた各家の内情」をチラつかせることにより、トリスタン王国が手出しできない状況を作り上げた。

こうして成立したのがイソルテ王国である。

国土としては一般的な伯爵家よりやや大きく、トリスタン王国の北東部に位置している。

南方ではフローレンス公爵領と接し、ここを戦場とし、イソルテ王国とフローレンス公爵家は二十年の長きに渡って小競《こぜ》り合いを続けていた。


——だがしかし、ここに幕を引く存在が現れようとしていた。


「イソルテ王国は我がフローレンス公爵領を脅《おびや》かしています。たとえ小競り合いに過ぎないとしても、我が領民が傷ついているのです。だというのに、なぜ二十年間もイソルテ王国を放置していたのですか」

フィオリアはすぐさま父親のもとへ向かった。

グレアム・ディ・フローレンスはこのとき六十四歳。

髪には白いものが混じり、顔には幾筋も皺《しわ》が刻まれている。

とはいえ二十年前の姿に比べて衰えたという印象は薄く、むしろ、ますます油断ならない空気を漂わせるようになった。

かつて『氷の宰相』と呼ばれた男の、鋭い眼光——。

並の人間ならば睨まれただけで竦み上がってしまうだろう。

そんな視線を受けながら、しかし、フィオリアは平然と言ってのけた。

「私に領主の代行権をいただけますか。極めて平和的にイソルテ王国を降伏させてみせましょう」

「……私としては、まず、娘の回復を喜びたいのだがな」

「申し訳ありませんが、公爵家の娘として見過ごせない事態ですので」

「我が領地が脅かされているからか」

「それもありますし、イソルテ王のやりかたはあまりに勿体《もったい》ないのです。二十年ものあいだ独立を保てるだけの政治力を持ちながら、イソルテ王国の領土はいまだ伯爵家レベル。ありえないでしょう。私があの国の女王だったなら、とっくにフローレンス公爵領を併合し、それどころかトリスタン王国をも征服していたはずです」

「我が娘は、ずいぶんと恐ろしいことを言ってくれる」

言葉とは裏腹、グレアムの口元には微《かす》かな笑みが浮かんでいた。

二十年ぶりに娘が目覚めたというだけでも嬉しいのに、かつてと変わらぬ自信家ぶりを見せつけてくれる。

己が老いたのもあるだろうが、フィオリアのことが可愛くて仕方がない。

……とはいえ父親の威厳というものもあるので、つい、厳しいことを言ってしまうのだが。

「しかし代行権は渡せん。もしイソルテ王国に手を出せば、すぐに他の貴族家が横槍《よこやり》を入れてくるだろう。最悪、王家まで敵に回しかねん。実際にそうなりかけたこともある」

「イソルテ王の持つ情報は、それほどまでの影響力なのですか」

「王家を揺るがすほどのもの、と聞いている」

「たかが情報のひとつふたつで揺らぐような王家なら、それはもう寿命が尽きているのでしょう」

不敬きわまりない発言を、何のためらいもなく口にするフィオリア。

「そんなことより領民のほうが大切です。お父様、ご決断を」

フィオリアは左手にあるものを掲げてみせた。

ここに来る途中、レクスに命じて取ってこさせた厨房のジャガイモである。

二十年前に新大陸から輸入されたもので、当時、フィオリアは領内での栽培を推し進めていた。

いまはフローレンス公爵領の特産品となっており、他領や他国への輸出で大きな黒字をあげている。

――フィオリアは、ジャガイモを片手で握り潰す。

ぐしゃり、ぼろぼろ。

潰れたジャガイモは、フィオリアが右手に持っていた銀製のボウルに落ちてゆく。

「今日の昼食はポテトサラダだそうです」

「懐かしいな。……フローラも、よくそうやってポテトサラダを作ってくれた。『手で握り潰すから手作りのポテトサラダ』などと言っていた」

「記憶を捏造《ねつぞう》しないでください。お母様が生きていた頃、まだ新大陸との貿易は始まっていませんん」

「その通りだ。……やはり、私に冗談のセンスはないらしい」

肩を竦めるグレアム。

手で握り潰すから手作り。

それが言いたかっただけである。

フィオリアが元気な姿を見せたことが喜ばしく、つい、柄《がら》にもないジョークを飛ばしたのである。

「お前に代行権を与えよう。他家からの干渉はこちらでなんとかする」

「ありがとうございます。ですが、お父様に手間をかけることはないかと。……移動時間を考えれば、三日で十分です」


フィオリアとしてはすぐにイソルテ王国へ殴り込みをかけたいところだったが、国境線までは馬車でも一週間はかかる、徒歩など論外だ。飛行魔法……《風精霊の舞踏《シルフィ・ダンス》》という手もあるが、これも、決して速度は速くない。せいぜい、小走りよりマシな程度。

ならば、どうするか。

フィオリアは、これをとんでもない方法で解決した。

「新しい魔法を作りましょう」

それは普通ならありえない選択肢だろう。

だがフィオリアは莫大な魔力量を持ち、魔法の才能にも長けていた。

それに加え、前世の記憶を取り戻したことで、さらなる高みへ到達しつつあった。

アニメ、マンガ、ゲームのエフェクト。

前世の知識をフル活用して、自らのうちに像を結ぶ。

「――《天駆の光翼《オラクル》》！」

思い描くイメージは、天使の翼。

背中に大きな翼を広げ、自由に空を飛び回る。

「案外と、できるものね」

果たして魔法は成功した。

その背中には、光の翼が伸びていた。

当然ながら光魔法である。フィオリアの得意分野だ。

――さて、これで飛ぶことができるかしら？

想像力を膨《ふく》らませながら、やってみる。

左右の翼をばさばさと羽《は》ばたかせるうち、身体が宙に浮く。

あとは簡単だった。

もともとフィオリアは極度の自信家であり、自分の可能性というものを信じ切っている。

魔法を扱う上で、それは大きなアドバンテージになる。

この世界においては、心ひとつでいくらでも物理法則を蹴飛ばせるのだ。

……三十分もしないうちに、フィオリアはすっかり《天駆の光翼《オラクル》》を使いこなしていた。

上昇、下降、滑空《かっくう》。

いずれも自由自在。

風魔法を併用すれば、いくらでもスピードが出せそうだ。

「それじゃあ、行きましょうか」

フィオリアは天高く舞い上がった。

雲ひとつない空で、黄金色の髪がまばゆいほどに光を放つ。

それはまさに、天に輝くもうひとつの太陽だった。

＊　＊

イソルテ王国国王、ブラジア・ディ・イソルテはニタニタと粘着質な笑みを浮かべて謁見《えっけん》に臨んでいた。

「陛下、どうかお慈悲を。我が領地は飢饉《ききん》のために明日をも知れぬ状況です。現在の税率ではとても立ちゆきません」

ブラジアの目の前では、かっちりとした軍服に身を包んだ若い女性が首を垂れている。

彼女の名はエレナマリア・ディ・リースレット。

父親の急逝《きゅうせい》によって子爵家を継ぐことになった若きリースレット家の当主であり、イソルテ王国軍の軍人でもあった。

「食料の支援と税率の引き下げか。まあ、考えてやらんわけではないがのう……」

ブラジアは舐めるような視線をエレナマリアへと向けた。

「じゃが、世の中はすべて天秤《てんびん》でできておる。何かを欲《ほっ》するなら、それに釣り合うものを差し出してもらわねばなぁ……?」

「陛下はどのようなものを欲しておられるのですか」

「言わずとも分かるじゃろう。ククク……」

玉座から立ち上がるブラジア。

エレナマリアの腕を掴んで、そのまま寝所《しんじょ》へと引っ張り込もうとする。

「……っ⁉」

身を固くするエレナマリア。

だが同時に、領民たちの姿が頭をよぎる。

ここで自分が我慢をすれば、彼らにも楽をさせてやれる——。

エレナマリアが悲壮な決意を固めようとした、その時。

激しい揺れとともに、大爆発が起こった。

「世の中はすべて天秤でできている。……素晴らしい哲学ね、ブラジア王」

たった一瞬で謁見の間は半壊していた。

天井は崩落《ほうらく》し、壁もほとんど残っていない。

周囲の城下町、さらには遠くの平原まで一望できる。

「それじゃあ交渉を始めましょうか」

凛《りん》とした声とともに、一人の少女が空からゆっくりと舞い降りた。

その背中には、目が眩《くら》むほどの光を放つ、一対の翼。

エレナマリアは「まるで天使のよう……」と呟きながら、少女の姿に見惚れていた。

少女は、あまりにも美しかった。

大きな翡翠色の瞳は、まばたきのたびにキラキラと輝き、吸い込まれそうな魅力を漂わせる。

麗《うるわ》しい横顔からは自負と自信が漂い、黄金色の髪をかき上げる仕草ひとつとっても、息が詰まりそうなほどの色香が漂う。


この時、エレナマリアだけではなく、謁見の間にいる者すべてがフィオリアに目を奪われていた。

誰もが考えた。

この少女はいったい何者だろう。

もしかして神話に語られる天使だろうか。

だってその背中には翼がある。

髪と同じ黄金色に輝く、とても綺麗な翼だ。

少女はすうっと流れるような動きでブラジアのもとに近づくと、その顎を掴みあげた。

「私、立場を笠に着て女性を手籠《てご》めにする男は大嫌いなの」

「な、な、なんだっ！　おまえは！」

威厳も何もかもかなぐり捨てたような声で、ブラジアが叫ぶ。

「え、エレナマリア！　こいつを捕まえろ！　おまえは軍人だろう、国王の危機だぞ！」

「……」

だがエレナマリアは動かなかった。動けなかった。

その心は黄金の少女にすっかり奪われていた。

「錯乱《さくらん》しているみたいね。これじゃあ話し合いは無理でしょうし、原始的な方法でいこうかしら。……向こうを見てちょうだい」

少女は遠くの平原を指差した。

「──《神罰の杖《ディヴァイン》》」

その魔法をエレナマリアは知っている。

光の最上位魔法。

扱えたものは史上に四人のみ。

ただし、いずれも非業《ひごう》の死を遂げている。

四人目はたしか二十年前に毒殺されたはずで──

エレナマリアの思考を打ち切るように、暴力的なまでの光の奔流《ほんりゅう》が天から降り注ぎ、無人の平野を焦土《しょうど》へと変えた。

もしもこの魔法が城に落とされたならどうなるか。

一瞬にしてすべてが灰燼《かいじん》に帰《き》するだろう。

「イソルテ王国国王ブラジア。服従か死か、どちらかを選びなさい」

＊　＊

フィオリアは〝暴風の女帝〟と呼ばれるだけあって、風属性の扱いは超一流だ。

おそらく、大陸でも最高峰に位置するだろう。

だが風の魔法は、彼女にとって余技のようなものに過ぎない。

真の得意分野――。

それは光属性である。

光の魔法に高い適性を示すものは、本来、教会から「聖人」や「聖女」などの称号を与えられる。

だが彼女の場合、非常に大きな問題があったために「聖女」の称号を剥奪された。

光の魔法には大きく分けて『破壊』『再生』『浄化』の三種類があり、フィオリアは『再生』と『浄化』を高いレベルで扱うことができたが、それらが霞むほど『破壊』に長けていたのだ。

それは歴史に名が残るレベルで、たとえば、さきほど無人の平野を焼き尽くした《神罰の杖《ディヴァイン》》。

太陽の光を収束させ、悪霊どころか有形無形《ゆうけいむけい》、ありとあらゆる存在を消滅させる。

――イソルテ王国に落ちた黄金の破壊光は、ベルガリア大陸全土を眩《まばゆ》く照らした。

「天使が降臨したのだ」

「いいや、世界の終わりだ」

「よく分からないけど、すっごくキラキラしてたよね」

その輝きを祝福とする者、凶兆《きょうちょう》と見做《みな》す者、美しさに見惚れる者……人々の反応は様々だった。

「ひいいいいいっ！　許して！　許してください！　うあああああああああああっ！」

カナワン侯爵家長男、サイモンは錯乱した。

彼は二十年前、とある子爵家令嬢を手籠めにしようと卑怯な悪事を働いた。

ところがフィオリアに嗅《か》ぎつけられ、ボコボコに叩きのめされた挙句、当たってはいないものの、目の前に《神罰の杖《ディヴァイン》》を落とされた。

当時のトラウマが蘇り、頭から布団を被って部屋の隅でガタガタと震えていた。

ちなみに彼は侯爵家の跡継ぎにはなれず、実家で飼い殺しになっていた。

「御覧なさい、きっとお姉様が蘇ったに違いないわ……！」

「綺麗ですね……」

一組の親子が、陶然《とうぜん》とした表情を浮かべていた。

母親の名前はレオノーラ。

フィオリアの熱狂的な信奉者《ファン》であり、勢いあまって彼女をモデルにした小説を何作品も書き上げていた。

それらは貴族のみならず平民にも大ヒットし、歴史的なベストセラーとなっている。

「いますぐフローレンス公爵領に向かいます。すぐに支度をしなさい、ジーク」

「はい、お母様！」

レオノーラの一人息子、ジークフリード。

燃えるように赤い短髪が特徴的な、十六歳の少年である。

端整な顔立ちで物腰も穏やかなため、貴族学校でも人気が高い。彼に恋する令嬢たちも少なくない。

しかし彼はありとあらゆるアプローチを断り続けていた。

というのも、ジークフリードは幼いころから何度も「フィオリアお姉様の物語」を母親から聞かされており、それが理想の女性像となっていた。

本物のフィオリアに会える。

その期待を前に、ジークフリードの鼓動は高まった。

「……やっと目を覚ましたか、フィオリア」

現トリスタン王国国王、ヴィンセント・ディ・トリスタンは、黒に近い青髪を両手で掬《すく》うようにかきあげた。

冷然と整った顔立ちには、静かな笑みが浮かんでいる。

今年で二十七歳となる若き青年王は、しかし、いまだ独身である。

王ならば早くに妻を迎えて跡継ぎを作るべきだろうに、これまですべての縁談を断っていた。

彼はずっと、初恋の相手を忘れられずにいるのだ。


神罰の輝きに心を動かされた者は、他にも数多く存在している。


かつてフィオリアに不正を暴かれた、元貴族学校の校長。

本拠地を《神罰の杖《ディヴァイン》》で蒸発させられた麻薬組織の長。

かつてアンネローゼの取り巻きだった男子生徒たち。


衝撃を受けたのは、人間だけではない。

東方の黒き森。

瘴気《しょうき》に満ちた霧の中で暮らすおぞましい魔物たちも、怯え、震え、竦み上がっていた。

彼らは二十二年前にフローレンス公爵領へ攻め込み、フィオリアによって壊滅的な被害を受けていたのだ。

「…………ォォォォォォオオオオオオオオオオオオ――――――ッ！」

しかし、ここに例外が一匹。

白銀の魔獣が、高らかに歓喜の雄叫びをあげた。

それは、東方の人々から『竜殺しの白狼』の名でもって恐れられていた。

名は、モフモフ。

もともとはフィオリアの飼い犬である。

彼は昏睡状態の主《あるじ》を救うため、特効薬を求めて黒き森に足を踏み入れた。

瘴気の影響であまりに巨大な魔獣になってしまったが、フィオリアへの忠誠は忘れていない。

復活の気配を感じ取り、彼は一路、西へと走り出した。

＊　＊

さて、ここで視点をフィオリアに戻そう。

彼女はイソルテ城に殴り込むなり、《神罰の杖《ディヴァイン》》を用いた穏便な交渉（※フィオリアの主観）に移った。

「さあ、どうするのブラジア王。一回死んでみるのも悪くないわよ。人間、その気になれば意外と蘇れるものだから」

「く、う、う……」

「うう?」

「うわあああああああああああああああああああああっ！　来るなっ！　来るなぁっ！　おまえは、おまえは、アンネが殺したはずだ！　どうして生きているんだ！」

「眠っていただけよ。ついさっき目が覚めたの。……ねえ、返答はまだかしら？」

「う、うるさいっ！　うるさい、うるさい、うるさい！　たかが公爵令嬢ごときがワシに逆らうのか！　こ、こっちはフローレンス公爵家の秘密だって知っているんだ！　それをバラされてもいいのか！」

「好きにしなさい。たかが噂ごときで私の歩みを止められるわけがないでしょう？」

「くっ……！　お、覚えておれ！」

フィオリアの手を振り払い、逃げ出そうとするブラジア王。

「そう、交渉は決裂ね」

肩をすくめるフィオリア。

あえてブラジアを追いかけるようなことはしなかった。

代わりに、謁見の間にいる兵士や貴族たちを睥睨《へいげい》し、

「貴方たち、ブラジア王を捕まえなさい」

まるで女王が臣下に命じるかのような自然さで、そう言い放った。

もちろんフィオリアと彼らのあいだに、主従関係は存在しない。

むしろイソルテ王国とフローレンス公爵家は長年に渡って争っているわけで、フィオリアは敵国の人間である。

常識的に考えれば、フィオリアの命令で、イソルテ王国の兵士らが動くはずもない。

「どうしたの？　そこの小男が貴方たちの王でいいのかしら？　それで自分に誇れる？　恋人や子供たちに自慢できる？　――胸を張って生きていきたいというのなら、私に従いなさい」

フィオリアの言葉。

それは、居合わせた者たちの心に大きな波紋を投げかけた。

先程目にした、《神罰の杖《ディヴァイン》》の威力。

どう考えてもイソルテ王国に未来はない。

ならばフィオリアに従って、助命を乞うたほうがいいのではないか。

いいや、それ以前の問題だ。

惨《みじ》めに逃げ回るブラジアと、堂々と振る舞うフィオリア。

どちらが忠義を捧げるに相応《ふさわ》しいかはあまりにも明白で――

「や、やめろ！　おまえたち！　ワシを裏切るのか！」

他ならぬ臣下の手によって、ブラジア王は捕らえられた。


ただし。

ここで一人だけ、微動だにしない者がいた。

女軍人のエレナマリアである。

「貴女は何もしなくていいの？　ここで働いておいた方が、私の覚えはよくなると思うけれど」

「……自分は軍人です。たとえどのような王であろうと、国を裏切るようなことはできません」

「そう」

フィオリアはわずかに口元を綻《ほころ》ばせた。

エレナマリアの真面目さを好ましく感じたのだ。

「私はフィオリア・ディ・フローレンス。フローレンス公爵家の娘よ。貴女は？」

「エレナマリア・ディ・リースレット。イソルテ王国軍、第三騎士団の団長です」

「素敵な名前ね。また後日、家まで遊びに行くわ」

「……えっと」

エレナマリアは戸惑いの表情を浮かべた。

自分はフィオリアに逆らったのだ。

殺されると思っていた。

名乗り合ったのも、冥土の土産《みやげ》のようなものと思っていたが、違うのだろうか。

「私、貴女みたいなタイプは嫌いじゃないの。よかったら友達になってちょうだい」

＊　＊

フィオリアひとりの手によってイソルテ王国は滅亡した。

ここで問題となるのは、イソルテ王国の貴族たちである。

彼らの処分をどうするべきか。

トリスタン王国の貴族として復帰させるか、そのまま取り潰しとするか。

決定権はあくまでトリスタン王国にあるのだが、フィオリアはこう考えている。

「反乱を起こしたのは二十年前の当主でしょう？　いまはどこも代替わりをしているし、彼らに責任を問うのは筋違いじゃないかしら」

さらにいえば、イソルテ王国の貴族はおおむね善良で、領主としての手腕も上々だった。

ブラジア王があまりにも横暴だったため、若い貴族たちにとっては反面教師になっていたのかもしれない。


――たとえばこの日、フィオリアから呼び出しを受けた青年貴族などが、分かりやすい例だろう。


「ザック・ディ・コラカン男爵ね。貴方の領地がどうなっているか、少し調べさせてもらったわ」

「は、は、はい……」

その日、フィオリアに呼び出された青年男爵は全身から滝のような汗を流していた。

自分はこれから何を言われるのか。我が家は後ろ暗いことなどやっていない。

大丈夫なはずなのに、フィオリアを前にすると、なにかをやらかしてしまったかのような錯覚すら感じてしまう。

「ブラジア王はかなりの重税を強いていたみたいだけど、その中でなんとかやりくりしていたみたいね。領民たちの生活も比較的保たれていたと聞いているわ。……貴方の手腕については、ちゃんと王家への書状に記しておくから安心して。少しは心証もよくなるでしょうし、処分も緩《ゆる》いもので済むはずよ」

「えっ？　……ええっ？」

糾弾《きゅうだん》されるとばかり思い込んでいたコラカン男爵は戸惑っていた。

もしや評価されているのだろうか、この自分が。

社交界ではパッとしない存在として見下され、結婚話も断られてばかりの貧乏男爵なのに？

「トリスタン王国を裏切ったのは、あくまで先代の判断でしょう？　貴方に罪はない。トリスタン王国に復帰すれば税率も低くなるし、生活も楽になるわ。……これまで、よく頑張ったわね」

「……っ！」

目頭が熱くなる。

コラカン男爵の頬を、つう、と涙が伝う。

こんなふうに誰かから褒められたのは、いつぶりだろう。

領民からは生活が苦しいと文句を言われ、ブラジア王からは金を出せ、無理なら妹たちを後宮《こうきゅう》によこせと脅される日々。

どれだけ領地経営に力を入れようが、その成果はすべて王に持っていかれる。

これまでは無力感を覚えてばかりだったが……いま、ようやく、自分を認めてくれる人が現れた。

嬉しくて、嬉しくて。

恥も外聞もなく、泣き崩れた。


コラカン男爵だけでなく、イソルテ王国の若き当主たちは誠実に領地経営へと取り組んでいた。

フィオリアはその一人一人と面談をしながら、その働きぶりを王家への書状に添えた。


――彼らの家をまとめて取り潰しにしたら、誰がその領地を治めるのかしらね？


さすがにフローレンス公爵家の総取りというわけにもいかないし、かといって、他のトリスタン貴族に分け与えるのも難しい。取り分をめぐっての内輪揉めが起こるだろう。

そのあたりを勘案《かんあん》するに、彼らをそのままトリスタン王国に復帰させたほうが効率的だ。

……などと色々考えてはいるものの、本音としては単に「頑張って領地を治めているのに取り潰しなんてかわいそう」というだけのこと。根本的にフィオリアはお人好《よ》しなのだ。

だが、例外は存在する。

他ならぬブラジア王である。

「さて、貴方の申し開きを聞きましょうか。せいぜい囀《さえず》りなさい」

イソルテ城の地下牢。

鉄格子に囚われたブラジア王を睥睨しつつ、フィオリアは悠然と片手で扇子を弄《もてあそ》んでいた。

「ワ、ワシが何をしたというんじゃ！　ワシは王だ！　自分の国を好きにして何が悪い！」

「勘違いしてないかしら。貴方が暴君であろうとなかろうと関係ないわ。フローレンス公爵家に喧《けん》嘩《か》を売ったからこうなったのよ。まさかとは思うけれど、殴《なぐ》られる覚悟もなしに殴りかかってきたわけじゃないわよね？」

「ぐ……」

「貴方としては『アンネローゼが手に入れた秘密』とやらをタテにしていたみたいだけど、残念だったわね。世の中には会話が通じない相手がいるの。私とか」

「自分で言うか、それを」

「あら、これはアドバイスなのよ？　少なくとも私相手に、ヘタな交渉は通じないと思いなさい。まずは、フローレンス公爵家に攻め込んできた理由を教えてもらおうかしら」

「黙秘はできんようだな」

「理解が早くて助かるわ」

「であれば、ワシの命もここまでよ。アンネローゼのやつはこの身体に呪いを刻んでいった。トリスタン王国に反旗を翻《ひるがえ》し、命が尽きるまでフローレンス公爵領を攻撃すること――その命令に逆らうか、誰かに暴露すれば命を落とす。そういうふうに定められておる。……ぐっ！」

突如として苦悶の表情を浮かべるブラジア王。

喉元を押さえ、まるで窒息寸前のようにのたうちまわる。

よく目を凝《こ》らせば、黒い靄《もや》のようなものが彼の首へと巻き付いているのが見えるだろう。

それは闇の上位魔法によって刻まれた、絶命の呪い。

解呪のためには聖人や聖女といった存在を連れてこねばならない。

本来ならば到底助からない状況である。

「──《浄化の祝福《グロリアス》》」

だが、ここには聖女ならぬ聖女がいる。

フィオリアの光魔法は破壊に偏《かたよ》っているが、前世を思い出して以来、さまざまな応用が可能となっていた。

アニメやゲームに出てくる浄化魔法をイメージしつつ、魔力を操作。

やってみたら、うまくいった。

清浄な輝きがブラジア王を包み、黒い靄を一瞬にして打ち払う。

「な……？」

「よかったわね、死なずに済んで」

「た、助かった……」

安堵のため息をつくブラジア王。

その表情は先程に比べると、若干の余裕が滲んでいた。

「そうか、なるほど。わかったぞ」

「何が、かしら」

「フィオリアよ、おまえさん、ワシをスカウトに来たんじゃろう？　なにせワシは新興貴族どもをまとめあげて国を作った上、二十年間も独立を保ち続けたからな。カリスマもあれば政治力もある。

うむ、人材としては魅力的なのは仕方あるまい。であれば、ここで死なれては困ろうなあ？」

「……は？」

さすがのフィオリアも面食らわずにいられなかった。

この男はいきなり何を言い出すのか。

黒い靄のせいで窒息しかかっていたが、酸素欠乏症で頭がどうにかなったのだろうか。

「いいぞいいぞ、従ってやる。ワシの持つ情報網もコネクションもくれてやる。その代わり、命の保証はしてもらおうか！」

呵々大笑《かかたいしょう》するブラジア王。

フィオリアは、深いため息をついた。

パチンと扇子を閉じると、鉄格子へと近づいていく。

「――――静かにしてちょうだい」

冷たく言い放つ。

同時に、扇子の先端をブラジア王の喉元に突き付けた。

「私が呪いを浄化したのは、貴方に裁きを受けさせるためよ。トリスタン王国の法に従って、粛々《しゅくしゅく》と、無様に公開処刑されなさい」

「ワシを助けるのではないのか⁉　人に期待させておいて……許されると思うなよ、この小娘が！」

「五月蠅《うるさ》い」

扇子の先端から、光が放たれた。

極小まで威力を絞った《神罰の杖《ディヴァイン》》である。

狙いはギリギリでブラジア王から外してある。

だが恫喝《どうかつ》には十分だったらしい。

「ひ、ひ、ひぃいいぃっ！」

ブラジア王は腰を抜かすと、そのまま冷たい床にへたり込んだ。

「処刑の日まで心安らかに過ごしたいなら、あまり不快なことを囀らないでくれる？　最後にもうひとつだけ聞くわ。それさえ教えてくれるなら、地下牢の待遇も少しはよくしましょう。――アンネローゼは何者なの、いまはどこにいるの？　私は、彼女に借りを返さないといけないのよ」

＊　＊

ブラジア王の身柄は、厳重な警護のうえで王都へと送られた。

そもそもトリスタン王国はイソルテ王国の存在を認めていない。

いくつかの地方領主の長い反乱、とみなしている。

よってブラジア王は、あくまで「トリスタン王国のイソルテ元男爵」という扱いであり、王国法に則《のっと》っての裁判になるだろう。……まあ、反乱の首謀者なのだから絞首刑は間違いないだろうが。

イソルテ王国が滅亡してからおよそ半月後。

春の晴れた日。

フィオリアは王都へ向かっていた。

宮廷から召喚状が届いたのである。

――イソルテ男爵の反乱とその鎮圧について詳細な説明をせよ、と。

署名は、現国王のもの。

ヴィンセント・ディ・トリスタン。


ヴィンセント、貴方、国王になったのね。

私との約束を守ってくれて嬉しいわ。


……あら？

ちょっと待って。

二十年前の私って、ヴィンセントに色々ととんでもないことを吹き込んでいた気がするのだけど。

私が欲しければ国王になれ、とか。

オズワルドから奪ってみせろ、とか。

ヴィンセントもヴィンセントで「王さまになってフィオリアをお嫁さんにする」とかって宣言していたような。

えーと。

いまのヴィンセントって国王なわけだし……いや、でも、うん、私を選んだりはしないわよね。

だってほら、ヴィンセントも二十七歳だし、国王だし、もうとっくに結婚しているはず。

それに私は、外見そのままとはいえ、三十七歳。

現実的に考えると、結婚相手にはなりえないわ。

……たぶん。


「……あら？」

フィオリアは我に返る。

王都へ向かう馬車がガタンッと大きく揺れたかと思うと、そのまま止まってしまったからである。

急停車のせいで馬車内の荷物はいくつかひっくり返ってしまったが、フィオリア自身は悠然と席に腰掛けたままだった。

せいぜい、長い黄金色の髪が大きく広がって、まわりに光の粒子をばらまいたくらいである。

「申し訳ありません、フィオリア様。この先でトラブルが起きているようです」

護衛の騎士がすぐさま報告にやってきた。

曰く、冒険者が魔物の群れに襲われており、形勢はかなり不利だとか。

「できれば無駄な消耗は避けたいところです。迂回路を探していますので、しばしお待ちください」

「必要ないわ。このまま進みなさい」

「ですが、フィオリア様に万が一のことがあっては……」

「わが身可愛さに逃げ出すのは、貴族の在《あ》り方から外れるわ。騎士団の皆に伝えてくれる？　先行して、冒険者たちに手を貸しなさい」

「しょ、承知しました……」

だが、その後も馬車はいっこうに動かなかった。

護衛の騎士らはほとんどが若手であり、フィオリアのことをあまりよく知らない。

冒険者を助けろとの命令も「ワガママお嬢様のムチャな命令」として聞き流してしまったのだ。

「我が家にもずいぶんとつまらない人間が増えたわね」

かつてフィオリアが健在だったころ、フローレンス騎士団といえば悪鬼羅刹《あっきらせつ》の如き戦闘集団として恐れられていた。

だが当時のメンバーは多くが引退し、現在は良くも悪くも「普通の騎士」ばかりになっていた。

「王都から戻ったら、全員、一から鍛え直しましょう」

心のメモ帳にそう書き記し、フィオリアは馬車を降りた。

＊　＊

フィオリアは《天駆の光翼《オラクル》》を発動させると、高く舞い上がってあたりを見渡した。

山の麓《ふもと》にある草原で、冒険者たちが魔物と対峙していた。

大群と聞いていたが、敵は一匹だけ。

ただしそのサイズが尋常《じんじょう》ではなかった。

おそらくは中規模の砦《とりで》に匹敵する。

巨大な、巨大な……スライムだった。

「スライムの大量発生、そして融合。春の風物詩ね」

冬が終わって春になると、冬眠から多くの動物が目覚める。

スライムはそういった動物を食べて、数を爆発的に増やす。

増えて、増えて、増えて、最後になぜか合体する。

ひとつになった巨大スライムは、人間にとって大きな脅威である。

物理攻撃は通用しないし、魔法も吸収されてしまう。

「あら、頑張ってるわね」

眼下では冒険者たちが必死に奮闘していた。

男三人のパーティで、さほど練度《れんど》は高くない。

彼らでは巨大スライムなど倒せないだろうし、さっさと撤退すべきだろう。

「彼ら、いったい何を考えているのかしら。――《伝令神の地獄耳《ヘルメス・ヒヤリング》》」

それは風を操ることにより、遠くの音を耳まで届ける魔法である。

フィオリアは、スライムと戦う冒険者ら三人の声を聞き集めた。

「くそっ、ここから先には進ませねえぞ！　オレたちの街には手出しさせねえぜ！」

「ギルドからの応援はまだか！　フィルのやつ、迷子になってねえだろうな！」

「みんな諦めるな！　三人で連携して、少しでも時間を稼ぐんだ！」

どうやらすぐ近くに街があって、巨大スライムはそちらに向かおうとしているらしい。

このパーティは四人組で、一人は冒険者ギルドに応援を要請しに向かい、残り三人でスライムを足止めしているようだ。

ただ、状況はあまりに劣勢だった。

刻一刻と冒険者たちは傷つき、いまにも倒れそうなほどである。

命惜しさで逃げ出しても仕方ない状況だが、冒険者三人は必死に踏みとどまっていた。

フィオリアは天高くから戦場を見下ろしつつ、彼らの奮闘に笑みを零した。


素晴らしい。

素晴らしいわね、貴方たち。

どうしようもない苦境においても、決して諦めず、命懸けでベストを尽くす。

私は、貴方たちのような人間を尊敬する。

どうか生きていてほしいと思う。

だから、ええ、手を貸してあげましょう。

全身全霊の、全力で。

「――《神罰の杖《ディヴァイン》》！」


天から落ちる黄金光が、巨大スライムを一瞬にして蒸発させた。

それからゆっくりと羽搏きながら、地上へとフィオリアは降り立つ。

「すまねえ、助かったぜ！」

リーダー格の男は、フィオリアの姿を認めると、すぐさまこちらに駆け寄ってきた。

「あんた、すげえ魔法使いだな！　空を飛べるうえに、でかスライムを一発でやっちまうなんて」

でかスライム。

妙に可愛らしい表現に、フィオリアは思わずクスリと笑ってしまった。

「オレはアラン、見てのとおり冒険者だ。まだＤランクだけどな」

「私は……まあ、フィリアとでも名乗っておきましょうか。貴方たちの勇気に賞賛を。逆境に立ち向かう意志を持ち続ければ、いずれ自然と頂点に辿り着くはずよ。……そのときを楽しみにしているわ」


余談になるが、後にアランたちのパーティは冒険者としての最高位……Ｓランクに上り詰めることとなる。

彼らは後輩たちに常々こう言って聞かせた。

立ち向かう意志を忘れるな――そうすれば黄金の女神が必ず祝福してくれる、と。

フィオリアはアランたちと別れると、再び馬車へと戻った。

《天駆の光翼《オラクル》》を使えば王都までひとっとびだが、濫用《らんよう》はできるだけ控えていた。

貴族が馬車で移動すれば、モノの流れが生まれ、経済が動く。

それを理解しているからこそ、フィオリアは、よほど急ぎの場合でなければ馬車を使うことにしていた。

＊　＊

「……なんだか暗い空気ね」

謁見の日。

宮殿に足を踏み入れたフィオリアは、ポツリとそんな感想を漏らした。

二十年前の宮殿はもっと煌《きら》びやかな雰囲気だった。

けれどいまは、まるでゆっくりと衰えつつあるような、退廃的な気配に満ちていた。

国王ヴィンセントとの謁見は、すこし変わった場所を指定されていた。

いわゆる玉座の間ではなく、屋外。

宮殿の西端にある、小さな果樹園だった。

整然と並ぶのはリンゴの木。

丁寧に手入れされており、春のうららかな陽気のなか、枝いっぱいに赤や白の花弁をつけている。

あたりに漂う、みずみずしい新緑の香り――。

「懐かしいわね」

と、フィオリアは呟く。

頭をよぎるのは二十年前のできごと。

フローレンス公爵邸にも果樹園があり、そこで幼いヴィンセントと過ごすことも多かった。

「ああ、懐かしいだろう」

フィオリアが過去に思いを馳せていると、背後から急に話しかけられた。

……誰かしら？　聞き覚えのない声だけれど。

後ろを振り向けば、そこには、背の高い青年が立っていた。

「俺のことが分かるか？」

「ええと……」

フィオリアにしてはめずらしく、数秒ほど答えに詰まった。

ふと、青年と目が合う。

射貫くような蒼い瞳。

そのまっすぐな視線が、フィオリアの記憶を刺激する。

「もしかして、ヴィンセントかしら」

「正解だ」

青年──ヴィンセント・ディ・トリスタンはどこか安堵したように口元を緩めた。

「君の実家の果樹園をまねさせてもらった。ほら、そこにベンチもある。……座らないか」

「構わないけれど、国王と公爵令嬢が並んで座るなんて、謁見というより秘密のデートみたいね」

「………俺は最初からそのつもりだがな」

ポツリと零れたヴィンセントの言葉に、フィオリアはドキリとさせられる。

二十年前は、ヴィンセントからどんなに愛の言葉を囁かれても、ただ微笑ましく感じるばかり。

彼を異性として意識していなかったせいだろう。

せいぜい「ずいぶんと懐かれたものね」としか思わなかった。

けれど月日が流れて、いま。

小柄で華奢だった少年は、もう、どこにもいない。

二十年もの時間が過ぎたのだし当然だが、ヴィンセントは大人の男性へと成長を遂げていた。

やや細くはあるが、均整の取れた身体つき。

黒色に近い青髪は、雨に濡れた烏羽《からすば》のように艶めいている。

整った顔立ちは彫刻のように美しく、蒼い瞳は吸い込まれそうなほどの魅力を備えていた。目が合っただけで恋に落ちる令嬢も少なくはないだろう。

子供時代のヴィンセントとはまるで別人のようで、そのギャップにフィオリアは戸惑う。

横髪をかきあげる仕草さえ、かつての彼と比較してしまい……彼が「一人の男性」であることをいやでも意識してしまう。

……落ち着きなさいよ、私。

立派な男性になったのは、レクスも同じだったでしょう？

この程度のことで動揺するなんて、私らしくないわ。


「……国王の名前で呼び出しておいて、用事がデート？　冗談はよしてちょうだい」

フィオリアはわざと突き放すような物言いをしながら、ベンチにとすんと腰を下ろした。

「冗談じゃない。俺は本気だ」

すぐ隣にヴィンセントが座る。

お互いの肩が触れるか触れないほどの距離。

その近さに、フィオリアの心臓がドクンと跳ねた。

頬がカッと熱くなるのを感じた。

耳のあたりがジンジンして、いまにも湯気が出てしまいそうだ。

「フィオリア、二十年前の約束は覚えてるか」

「約束なら覚えてるわ」

「なら、いい」

ふっと安心したように微笑むヴィンセント。

そんな細かい仕草すら、いまのフィオリアは直視できない。

ドキドキして、目を逸らしてしまう。

「二十年前に、君は言ったな。俺が国王になったら結婚してくれる、と」

ヴィンセントが右手を伸ばし、フィオリアの頬に触れる。

その手はひんやりとして心地いいのに、フィオリアの顔はますます熱を帯びていく。

「冗談、でしょう……？」

いまにも消え入りそうなか細い声で、フィオリアは呟く。

「私は二十年も眠っていたの。もう三十七歳よ。そんな相手を口説《くど》くだなんてありえないわ。そもそも貴方、結婚しているでしょう？」

なにせヴィンセントは二十七歳で、国王だ。

トリスタン貴族の慣習だと、男子は遅くとも二十五歳までに結婚して子供を作る。

国王であれば、なおさらに世継ぎは重要だ。国の存続にかかわる。

よってフィオリアとしては、ヴィンセントはとっくに妃を迎えているはず、という認識だった。

「していない」

「えっ……？」

「結婚は、していない。――俺はずっと独り身だ。二十年間、君が目覚めるのを待っていた」

ヴィンセントの声は、とろけるように甘く、身をゆだねてしまいたくなるほどに情熱的だった。

かつてと変わらない蒼色の瞳が、じっとフィオリアをみつめている。

「ぁ……っ」

ヴィンセントの強い視線に射貫かれて、フィオリアは動けなくなってしまう。

何か話そうにも、口はパクパクと開いたり閉じたり、まったく声が出てこない。

思わず身を引こうとしたものの……それより早く、ヴィンセントに抱き寄せられた。

子供時代とはまるで違う、力強い腕、逞《たくま》しい胸板。

包み込まれるような感覚を、心地いいと感じた。


「俺の妃になれ、フィオリア。君のことが好きなんだ」


下顎《したあご》を掴まれた。

クイ、と持ち上げられる。

まるでキスする前みたいな姿勢。

ヴィンセントがそっと顔を寄せてくる。

くちびるとくちびるが触れ――


「……⁉　！！！！！！　⁉⁉⁉⁉！⁉！！」

触れるか触れないかのところで、フィオリアが爆発した。

爆発というか、暴発した。

天が割れ、極光の稲妻が、ヴィンセントとフィオリアのそばに落ちる。

――《雷帝の怒り《ジャッジメント》》。

二人のイチャイチャに雷帝がキレた……というわけではなく、混乱したフィオリアが魔法を暴発させてしまったのである。

「へ、へ、陛下っ！　何事ですか！」

突然の落雷に、近衛兵たちが集まってくる。

「大したことではない」

キリッと表情を引き締めて答えるヴィンセント。

先程までの、フィオリアを口説いていたときとは別人のように凛々しい。

国王らしい風格に満ちた顔つきで……先程までの甘いムードの余韻《よいん》か、フィオリアはぼんやりと見惚れてしまう。

「フィオリア嬢に魔法を披露してもらっていただけだ。もういい、下がれ」

「ですが……」

「俺に同じことを二度言わせるつもりか？」

「はっ！　承知しました！」

近衛兵たちはピシと敬礼すると、すぐに果樹園の外へ出ていった。

後に残されたのは、ヴィンセントとフィオリアの二人だけ。

「フィオリアも、案外と、初心《うぶ》なんだな」

クスリと笑うヴィンセントが憎らしい。

憎たらしいのに、つい、目が離せない。

「それじゃあ、続きをしようか」

再びヴィンセントがフィオリアに顔を近づけてくる……けれど。

「む、む、む、無理よ……」

フィオリアが上擦《うわず》った声をあげた。

両手で、ヴィンセントを押しとどめる。

頭の中はグルグルと混乱していた。

未婚のヴィンセント、二十年前と変わらぬ想い、求婚とキス。

予想外の急展開に、思考がまったくついていかない。

アワアワと目を回しながら、思いついたことを片っ端から口にする。

「お願い、お願いだからちょっと待って。わ、私はオズワルドに殺されかけたのよ。貴方はその弟なの。被害者本人と、加害者の家族なの。だから気持ちの整理がつかないというか、その……」

それは本当に、ただの、その場かぎりの言い訳だった。

実際のところフィオリアは、毒殺未遂のことをあまり気にしていない。

オズワルドとアンネローゼにはきっちり借りを返す。その程度の意識だ。

ましてや、ヴィンセントを「加害者の弟」と認識したことは一度もない。

心を整理する時間をとにかく稼ぎたくって、ついつい、口を滑らせてしまっただけなのだ。

……しかしフィオリアの言葉は、ヴィンセントの心を、深く深く抉《えぐ》って貫いたらしい。

「ははっ」

ヴィンセントはピタリと動きを止めると、泣き笑いのような表情を浮かべた。

それから右手で、自分の顔を掴むように覆い、自嘲めいた笑い声をあげた。

「加害者の弟。ああ、そうだな、俺は、フィオリアを傷つけた男の家族だ。……フィオリアだって、そんな人間と一緒になろうだなんて思わないよな。……ははっ、はははははっ。道化っぷりもここまでくれば笑えてくるな」

「待って、ヴィンセント。いまのは違うわ。その――」

「うっかり言ってしまっただけなんだろう？　それくらい分かる。だが、君の言う通りだ。俺は、二十年前の時点でとっくに、君と結婚する資格を失っていたんだよ。……それに、民たちだって認めないだろうさ」

かつてフィオリアが遺した功績はあまりにも大きかった。

わずか十六歳で領地改革を成し遂げたが、そのほか、麻薬組織の撲滅や魔物退治、王都の職を失った人々を引き取っての職業斡旋《あっせん》なども行っている。彼女のおかげで成り上がった者も多く、彼らが王家に向ける感情は、決して温かなものではない。なかには「フィオリアのカタキ」として王族を敵視する者も多い。

ヴィンセントとフィオリアの婚姻《こんいん》が成立すれば、果たしてどうなるか。

たとえフィオリアがそれに同意していたとしても、民の反発は避けられないだろう。

「分かっていたさ。俺はフィオリアにふさわしくない。約束だって本当は果たせてないんだ。国王にはなったけど、それはオズワルドのやつが継承権を剥奪されたからだ。正々堂々、オズワルドと王位を争ったわけじゃない。たまたま俺のところに零れ落ちてきただけだ」

ヴィンセントにとってそれは心の汚点だったのだろう。

ひどく痛ましげな表情を浮かべると、右手で前髪をくしゃくしゃとかきむしる。

「親父なら……アイザック王なら十年前に母さんのところへ送ってやった。カタキは討った。それくらいだよ、俺が、自分の手できちんと成し遂げた、って言えるのは」

「……だったら、卑屈にならなくてもいいでしょう?」

ヴィンセントがぐらつく一方、フィオリアは落ち着きを取り戻しつつあった。

左手で黄金色の髪をかき上げたあと、子供時代のヴィンセントを諭《さと》していた時と同じ、穏やかな調子で問い掛ける。

「貴方は復讐を果たし、国王になった。いまも立派に務めを果たしているのなら、それは誇るべきことよ」

「果たしていない。王の責務なんてなにひとつ果たせていないんだよ、俺は」

まるで懺悔《ざんげ》する罪人のように、苦悩の表情を浮かべてヴィンセントは語る。

――アイザック王を葬り去ったところで燃え尽きたんだ、と。

――次に何をしていいか分からなくなったんだ、と。

結局のところ、ヴィンセントを動かしていたのは二つの誓いだったのだろう。

ひとつは、母親に対する誓い。いつか王宮に舞い戻り、母親のカタキを討つ。

もうひとつは、フィオリアに対する誓い。この国の頂点に立つ。

どちらも、あまりに大きな目標だ。

その両方を果たしたままではよかったが、大きな目標を成し遂げると、次も同じくらい大きな目標を探してしまうものだ。もちろんヴィンセントの場合はそう簡単に見つかるわけがなく……彼の心は迷子になってしまったのだろう。

「俺はこの十年、抜け殻《がら》のように過ごしていたんだ。アンネローゼのせいでガタガタになった国を立て直そうとも、北のイソルテ王国を叩き潰そうともしなかった。……アイザックが暴君なら、俺は愚王《ぐおう》だよ。この果樹園でフィオリアとの思い出に浸《ひた》るばかり、あとは流されるまま怠惰《たいだ》に生きてきた」

ヴィンセントはため息とともに、足元の花を摘んだ。

綿毛をつけたタンポポである。

ふっ、と息を吹きかけると、無数の綿毛が宙に舞った。

「昔よく、こうして綿毛を飛ばして遊んだな。……あの頃に、戻りたいよ」

そう漏らすヴィンセントの横顔は、今にも泣きだしそうに見えた。

そんな彼に対して、フィオリアは――足を組むと、深く深くベンチに腰掛けた。

背もたれに左肘を置いて、頬杖をつく。

さながら庭園の女主人のような姿。

何も知らない第三者がこの光景を見れば、ヴィンセントではなく、フィオリアこそが王だと勘違いするだろう。

「ヴィンセント、よく聞きなさい」

フィオリアの言葉に、先程までの動揺はない。

凛然とよく通る、ハリのある声。

翡翠色の瞳は大きく見開かれ、強い視線でヴィンセントを見つめている。

小さく風が吹いて、黄金色の髪を揺らした。

燦々《さんさん》と輝く太陽に照らされて、まばゆい光を放つ。

「いまの貴方は、負け犬の目をしているわ。そんな相手と結婚するのは絶対に嫌よ。約束どうこうも関係ない。お断りさせてもらうわ」

弱気なヴィンセントの姿を眺めているうち、フィオリアは二十年前の気持ちに戻っていた。

昏《くら》く蒼い瞳の青年王に、かつての、弟のように可愛らしい少年が重なる。

——フィオリアは、オズワルド兄の婚約者なの？

——オズワルド兄は、おとうさまに似てるよ。

——だから、フィオリアも、おかあさまみたいに殺されるかもしれない。

ヴィンセントが怯えた瞳で問い掛けてきた夜、当時のことが頭をよぎる。


そう。

そうなのね、ヴィンセント。

貴方ったら、根っこのところはずっと変わっていないのね。

覚悟さえ決まればものすごい力を発揮できるけど、そうじゃなければボロボロのフニャフニャ。

だからヴィンセントにはときどき発破をかけてあげないといけないのよ。

この二十年間、私以外にそういう相手と出会えなかったのかしら？

なら、仕方ないわね。

貴方が玉座に就くきっかけになった人間として、責任を果たしましょう。


「ヴィンセント、たしかに貴方はひどい王だわ。なすべきことをなしていない。それは理解したけれど、貴方、このままでいいと思ってるの？　恥ずかしくないの？」

「それ、は……」

「二十年前の貴方はどこにいったのかしら？　——必ず生きる。生きて帰って、父親に復讐する。——国王になって、オズワルドから私を奪い取る。そう宣言した時の貴方は、決意に満ちて、惚れ惚れするくらいに素敵だったわ」

フィオリア・ディ・フローレンスは、何か強い意志をもった人間を好む。

それは長い眠りから覚めて前世の記憶を取り戻したいまも、何一つ変わっていない。

「ここまでじゃだめだとは、思っている。恥ずかしいとも感じている。……けれど、無理だ。決意も覚悟も、とっくに使い切った」

ヴィンセントは、まるで眩《まぶ》しすぎる太陽の輝きから逃げるように、瞼を閉じた。

その顔には、深い諦念《ていねん》が刻まれている。

「人は変わっていく。もう、あの日の子供はどこにもいない」

「私はそう思わないわ」

フィオリアはその手を伸ばす。

先程とは逆に、ヴィンセントの頭を、胸元に抱き寄せた。

二十年前の再現。

ヴィンセントはピクリと身を固くしたが、やがて力を抜き、すべてをフィオリアにゆだねた。

「人間は変わるわけじゃない。生きるうちに色々なものを蓄《たくわ》えていくの。幼いころの自分は、その中に埋もれているだけ。……捨てた夢があるなら、もう一度、拾って歩き出せばいい。胸を張りなさい、ヴィンセント。貴方はきっと貴方の人生を乗り越えられる」


ヴィンセントはしばらく目を伏せていたが、やがて、その蒼い瞳から涙が零れた。

堰《せき》を切ったように、泣き始める。

まるで母親にすがる子供のように、恥も外聞もなく、声をあげた。


国王になってからというもの、ずっと、一人だった。

フローレンス公爵のグレアムとは、アイザック王の処刑をめぐって決裂している。

フィオリアは毒に倒れて目覚めないまま、宮廷の貴族たちはおざなりな敬意を向けてくるばかり。

最後に温かい言葉をかけてもらったのは、いつだろう？

最後に励ましてもらったのは、いつだろう？

涙は滂沱《ぼうだ》として止まらず――その中で、ゆっくりと。
初恋の残骸が溶けていくのを、ヴィンセントは感じていた。

やがて涙が引いた後、ヴィンセントは告げる。

「俺は、いまから、ここから、やり直そうと思う」

もはやヴィンセントの瞳に曇《くも》りはなく、かつてのような決意の光を宿していた。

フィオリアの胸から顔を離し、目線の高さを合わせ、まるで女神に誓いを立てるかのような真摯《しんし》そのものの表情で、言葉を重ねてゆく。

「俺はトリスタン王国の王として、この国を立て直す。愚王ではなく賢王《けんおう》として、人々の信頼を勝ち取ってみせる。そう決めた。ゆえにやり遂げる。一番近くで眺めていろ、フィオリア」

「私に命令するだなんて、貴方も出世したものね。ヴィンセント」

フィオリアは愉快げに口元を綻ばせると、ベンチの背もたれに頬杖をつきながら軽口を返す。

「当然だ。俺はこの国の王になったからな。むしろ君こそ不敬罪で牢に招待しようか、フィオリア」

「あら、私とやるつもり？　だったら全力で抵抗するけれど」

「勘弁してくれ。君が本気になれば、冗談じゃなくトリスタン王国が滅ぶ」

たとえばフィオリアが《神罰の杖《ディヴァイン》》を本気で行使したなら、天から落ちる光の激流が王宮どころか王都をまるごと呑み込み、すべてを灰に変えてしまうだろう。

公表はされていないが、フィオリア・ディ・フローレンスは、破壊神のごとき力を有している。

「フィオリアを敵に回すことだけはしたくないな」

「だったらどうする？　贈り物で機嫌を取ってくれるの？」

「いいや、こうだ」

ニッと、少年じみたいたずらっぽい表情を浮かべると、ヴィンセントは腰を浮かせた。

「――――!?!?!?!?!?!?!?!?」

「照れてる顔も可愛いな、フィオリア」

一瞬のことだった。

ヴィンセントは、フィオリアの額にキスを落としていた。

「俺が君にふさわしい男になったら、この続きをしよう。楽しみにしていてくれ」

微笑むヴィンセント。

フィオリアの顔が、ボンッ、と真っ赤に爆発した。

＊　＊

謁見の後、フィオリアは王都の本屋に立ち寄った。

ふと、前世みたいに恋愛小説でも読んでみようかと思ったのだ。が、

「レオノーラ・ディ・アンブローズ作……？」

平積みになっていた小説に驚かされる。

その著者は、貴族学校時代、フィオリアを特に慕っていた同級生だ。

本を読むのが好きと言っていたが、まさか作家になっていたとは。

「店主、この作家の本をちょうだい。全巻、百冊ずつ」

「さすがにそんなにありませんぜ」

とりあえず店頭に残っているものをすべて買い占め、王都のフローレンス公爵家別邸へと戻った。

そんなに買ってどうするのかという話だが、親友への応援がてら、使用人らに配るつもりだった。

「……や、やっぱり配るのはやめにしようかしら」

天気がいいからと庭先のテラスに出て安楽椅子に腰掛け、いざ読むぞと本を広げたフィオリアだったが、開始三分で複雑な表情になっていた。

小説の内容はというと、少女二人がさまざまな場所で冒険するというものだが、ヒロインの片方はフィオリア、もう片方はレオノーラとしか思えなかった。もちろん名前は変えてあるものの、見

る者が見れば分かるだろう。

——そういえば貴族学校でも、私を主人公にした小説が一部で流行ってたわね。

なかでもレオノーラは大人気の作者だった。

そのまま自分の才能を伸ばしていって、小説家になったのだろう。


——とても喜ばしいことだわ。


フィオリアは鼻歌を歌いつつ、小説を読み進める。

自分がモデルのヒロインが活躍しているのは気恥ずかしいけれど、物語そのものの面白さに引き付けられ、ついつい、ページをめくる手が止まらない。

三百ページほどの分厚い本だったが、気付けば一時間ほどで読み終えていた。

「ふう……」

心地よい疲労感とともに、安楽椅子に背を預ける。

「レクス、お茶をちょうだい」

「はい、ただいま」

それまで誰もいなかったはずの左後ろに、サッ、と長身の青年執事が現れる。

曰く、この二十年のあいだに会得《えとく》した執事術らしい。

主に呼ばれるまでは影もなく姿を消し、呼ばれればすぐに現れ、その望みを叶える……とか。

「本日はダージリンとなります」

少なくともレクスの執事術というのは本物らしい。

フィオリアに言われてから紅茶を淹れ始めるのではなく、すでに準備は終わっていた。

しかも淹れたてホヤホヤである。

琥珀《こはく》色の液体がカップにコポコポと注がれると、あたりには芳醇《ほうじゅん》なダージリンの薫《かお》りが漂う。

「ありがとう」

フィオリアはしばし匂いを楽しんでから、カップに口をつけた。

「素晴らしいわ、レクス。紅茶を淹れるのが上手になったわね」

「お褒めに与り恐悦至極、これが執事術というものです」

得意げな表情を浮かべつつ、レクスは丁寧にお辞儀する。

以前のレクスは紅茶の香りを飛ばしてばかり、味は渋く、とても飲めたものではなかった。

……とはいえフィオリアは身内に甘く、レクスがどんなに不味い紅茶を淹れようが突っ返したりはせず、「せっかく淹れてくれたのだから」と我慢しながら飲み続けていた。

だが二十年の歳月を経て、レクスは驚くほど上手になった。

もし「紅茶をおいしく淹れるコンテスト」があったなら、トリスタン王国でも五本の指に入るのではないだろうか……とフィオリアは思うのだが、もしかするとただの身内びいきかもしれない。

それはともかく、フィオリアはしばし紅茶の香りを楽しみつつ、読書で疲れた頭を休めることにした。空は青く澄み渡り、薄雲がひとつ、右から左に流れていく。

少し強めに風が吹いた。

フィオリアの黄金色の髪が、ふわ、と広がる。

足元の草が、カサカサ、と音を立てて揺れた。

そんな中でもレクスは、その静謐な佇《たたず》まいを少しも崩していない。

フィオリアのそばで穏やかな笑みを浮かべ、影のようにジッと控えている。

あえて動きらしいものを挙げるなら、首のあたりでまとめた長い茶髪が風に揺れたくらいか。

「お嬢様、よろしいですか」

レクスのほうから話しかけてくるのは、とても珍しいことだった。

フィオリアは「あら」と意外そうに何度かまばたきした後、顔を傾けてレクスに視線を向けた。

「ヴィンセント陛下との謁見はいかがでしたか？」

「～～～～～！」

ボンッ、とフィオリアの頬が爆発した。

ヴィンセントと会った時のアレやコレやが頭をよぎったのだ。

抱きしめられたこと、求婚されたこと、唇にキスされかけたこと――。

フィオリアの顔は真っ赤になっていた。

ヴィンセントにくちづけされた場所……額が、とくに熱い。

「な、な、何でもないわ。ええ、何にもなかったわ」

「……お嬢様？」

フィオリアはあくまで平静を装おうとしたが、それがかえってレクスの疑念を煽《あお》ったらしい。

「ヴィンセント陛下と、何かあったのですか」

レクスは妙な威圧感を漂わせながら、ズン、ズンとフィオリアに近づいてくる。

「プロポーズでもされましたか」

「ええ、っと」

いつになく強い口ぶりで問い掛けてくるレクス。

緋色の瞳が鋭くこちらを見据《みす》えている。

まるで悪事を咎められているかのようで、フィオリアはなんだか後ろめたい気持ちになる。

「た、た、たしかにプロポーズはされたけれど、延期になったし、その……」

「いずれにせよ、結婚を申し込まれたわけですね」

「え、ええ、そうよ……その、レクス？　どうかした、の？」

いつのまにか、レクスの顔がすぐそばにあった。

長い睫毛《まつげ》。

まるでルビーを溶かしたかのような、きらめく緋色の瞳。

中性的で美しい顔立ちは、どこか底知れない艶を秘めて視線を釘《くぎ》付けにする。

「オレは貴女の従者です。忠実な執事です。……けれど、二十年間ずっと、貴女のことを想ってきた。その気持ちは、ヴィンセントに負けません」

レクスは、フィオリアの右手を取ると、その手の甲にくちづけした。

「二十年前、貴女はヴィンセントに言ったそうですね。オズワルドから自分を奪ってみせろ、と。

……いまじゃなくてもいい。いつか、オレにも言ってください。自分が欲しければヴィンセントから奪ってみせろ、と。必ず成し遂げてみせますから」

＊　＊

「おかしい。いろいろと、おかしいわ」

その日の夜、フィオリアはベッドでひとり悶々《もんもん》としていた。

ごろごろごろごろごろごろごろごろごろごろごろ……。

枕を抱きかかえ、薄い翡翠色のネグリジェでごろごろごろごろ。

「そもそも動揺しすぎなのよ、私」

ヴィンセント、それから、レクス。

二人に迫られ、柄にもなくドキドキしてしまった。

ヴィンセントからは額にキス。

レクスからは右手の甲にキス。

思い出すだけで、またも顔がボンッと爆発する。

「〜〜〜〜〜〜！」

ポコポコポコポコ、と枕を叩く。

叩いて叩いて、叩きまくる。

「はぁ、はぁ、はぁ〜〜っ」

荒い息はやがてため息に変わった。

「ほんとうに、どうなってるのかしら」

今日の自分は、どこかおかしい。

「口説かれるのだって、これが初めてってわけではないでしょうに」

言うまでもなく、フィオリア・ディ・フローレンスは絶世の美女である。

ひとたび舞踏会に向かえば、どれだけ地味なドレスを纏《まと》おうとも、黄金色の髪の輝きが会場の人々を魅了する。大きな翡翠色の瞳、すっと通った鼻梁《びりょう》、薄桃色の唇——あらゆる顔のパーツが完璧に整っており、人体の黄金比というものを体現していた。

多くの男性はフィオリアのあまりの美しさに尻込みするが、ときどきベタ惚れになって飛び込んでくる勇者もいないわけではない。だがフィオリアは、そのいずれもサラリと躱《かわ》してきた。

軽口には軽口を、小洒落《こじゃれ》た口説き文句には小洒落た断り文句を。

強引に迫ってくるようなら風の魔法で吹き飛ばすし、セクハラに至っては《雷帝の怒り《ジャッジメント》》だ。場合によっては《神罰の杖《ディヴァイン》》も辞さない。

そういうわけで当時の社交界では「《暴風の女帝》は難攻不落」などと噂されることもあった。

「私だって、ちょっとやそっとの口説き文句じゃグラつかない自信があったわ」

にもかかわらず、いま、ヴィンセントやレクスには翻弄《ほんろう》されまくっている。

いったい、なぜなのか。

フィオリアは「うむむむ」と口をへの字にして考え込み……やがてひとつの結論に至る。

「前世の影響、かしら」

前世の自分は、職場において《経理の女王》と恐れられる一方、内心では深刻なトキメキ不足に喘《あえ》いでいた。夜な夜な乙女ゲームに手を出していたが、それはあくまで代償行為。ほんとうは恋がしたかった。恋に恋するくらいトキメキに飢えていた。

「二十年前の私は、恋愛なんて興味なかった」

けれども前世の記憶を取り戻したことで、自分の中に、恋愛感情というものがマトモに備わったのではないだろうか。

「たぶん、きっと、そうでしょうね」

根拠はないが、直感的に納得できた。

そしてフィオリアは、己の直感というものを強く信じている。

「まあ、備わってしまったものは仕方ないし、恋愛感情とはうまく付き合っていきましょう」

問題は、これからどうするか、だ。

「ヴィンセントもレクスも、本気よね」

どちらも二十年越しの恋心をフィオリアにぶつけている。

その純粋さはもはや疑うまでもなく、だからこそ悩まずにいられない。

「二人まとめて、なんてのは論外として……選択肢は三つね」

ヴィンセントか、レクスか、どちらも選ばないか。

「贅沢《ぜいたく》な悩みだこと。前世の私だったら泣いて喜びそうなシチュエーションね」

茶化すように呟くと、フィオリアはふたたびベッドを転がり始める。

ごろごろごろごろごろごろごろごろごろごろ……。

ヴィンセントとレクス、二人のことを考える。

今夜はなかなか寝付けそうになかった。

＊　＊

かくして謁見の日は幕を閉じたが、この後しばらくフィオリアは王都に留まることになる。

というのも、イソルテ王国の解体によりトリスタン王国は北部の領土を取り戻したわけだが、そのことを記念してのセレモニーが予定されているためだ。

セレモニーまでのあいだ、フィオリアは王都を観光しつつ、旧交を温めることにした。

――その日、フィオリアは、王国騎士団の兵舎を訪れていた。

「フィオリア、あんたホントに二十年前のまんまなんだねえ」

「ふふ、貴女もあいかわらず元気ね、カティヤ。安心したわ」

「元気は元気だけど、こっちはお肌の曲がり角を通り越して崖っぷちだよ。髪も傷《いた》みまくりだし。ああもう、あんたの若々しさが羨ましいよ。こいつめ！　こいつめ！」

フィオリアの髪をわしゃわしゃと撫でてじゃれつくのは、茶髪の女性騎士である。

王国軍第四騎士団の団長、カティヤ・ディ・オルレシア。

フィオリアの元同級生で、今年で三十七歳になる。

二十年ぶりの再会ではあるが、二人のあいだには昔日《せきじつ》のように温かな空気が流れていた。

「ま、このカティヤさんは元気だけが取り柄ですし？　おかげで旦那も捕まえられたわけだしねー」

「ジェイクと結婚したのよね。カティヤとは正反対のタイプだけど、それが逆によかったのかしら」

カティヤの夫、ジェイク・ディ・オルレシアもフィオリアと同い年である。

いわゆる物静かな秀才タイプで、明朗快活なカティヤとは正反対の性格だった。

ちなみにジェイクは『深き眠りのアムネジア』の攻略対象であり、彼のルートを選んだ場合、カティヤがライバルとして登場する。

もともと二人は幼馴染《おさななじみ》で、お互いに憎からず想い合っていた。

友達以上恋人未満。

何ともじれったい関係であり、ゲームのジェイクはやがてアンネローゼに心変わりする。

だが、この世界ではそうならずに済んだ。

アンネローゼの編入以前……貴族学校が始まってすぐのころに、フィオリアがカティヤを焚《た》きつけたのだ。

「欲しいものがあるなら手に入れなさい、貴女にはそれができるはずだから」と。

結果、カティヤの情熱的（かつ物理的）なアプローチの前にジェイクは陥落。

周囲がドン引きするほどのラブラブぶりを見せつけつつ貴族学校を卒業、すぐに結婚したという。

ちなみにカティヤが嫁いだ先、オルレシア侯爵家は古くから続く武門の家柄である。

彼女は貴族学校のころから冴えた剣技で知られていたから、オルレシア侯爵家の人々は万歳三唱で迎えたという。姑《しゅうとめ》からは実の娘のように可愛がられ、里帰りするたびに木刀でボコスカ叩き合う仲らしい。おまえら男子中学生か。

「結婚生活はどう？　うまく行ってる？」

「もっちろん！　いまもラブラブだよ。息子も可愛いし」

「息子？」

フィオリアは翡翠色の瞳を丸くして驚いた。


カティヤが結婚したのは知っていたけど、まさか子供までいるなんて。

そのわりに体型、全然崩れてないわよね。

やっぱり騎士団の訓練で身体を動かしているからかしら？

あらためてカティヤの姿をまじまじと見つめる。

細身で引き締まったラインはとても三十代とは思えない。

同世代からはさぞ羨ましがられていることだろう。

「うちのバカ息子、今年から貴族学校に入ったんだけど、まー、よくモテてるみたい。ジェイク似だから当たり前なんだけどね」

たはは、と笑いながら惚気《のろけ》てみせるカティヤ。

当時のジェイクは知的で大人びた雰囲気の青年だった。

彼そっくりというのなら、さぞかし令嬢たちからは人気だろう。

「けどあの子、ちょっと困ったところがあるんだよねえ」

「どうしたの？　私でよければ相談に乗るけれど」

と、フィオリアがいつものようにお人好しさを発揮しかけた矢先のこと。

「団長、大変です！」

一人の若い女性騎士が大慌てで駆け寄ってきた。

どうやらカティヤの部下、第四騎士団の団員のようだ。

「ん？　どうしたの、リズリズ」

「リズリズではありません、リズです。実はその、大訓練場の使用予定で第一騎士団とトラブルになりまして……」

「今日は第四騎士団の予定でしょ？　今朝、あたしも確認したんだけど」

「わたしもチェックしました。けれど、もうすぐ御前試合があるから練習に使わせろ、と……」

「だったら第四騎士団総出で叩きのめしちゃいなさいな。向こうにとってもいい訓練になるでしょ」

恐ろしいことをサラリと言ってのけるカティヤ。

その隣ではフィオリアが、うんうんその通りよナイスアイデア、とばかりに深く頷いていた。

似たもの同士の友人である。

「ですがその、向こうにはカノッサ公爵家の次男がいるんです」

「あー。そっかそっか、そういや最近、あそこのドラ息子が第一騎士団に入ったんだっけ」

困ったように頬を掻くカティヤ。

カノッサ公爵家といえば、フローレンス公爵家ほどではないが大貴族のひとつである。

「お偉いさんの息子ときたんじゃ、あんたたちには荷が重いね。……フィオリア、悪いけど待っててくれる？　後でまたゆっくり案内するよ」

「いいえ、折角だから見学させてもらおうかしら。……なんだか面白そうな予感もするし」

「……げっ」

カティヤの表情が凍り付いた。

「あんたが『面白そう』なんて言い出すときは、大抵とんでもないことになるんだよね……」

「心配しないで。大人しくしてるから」

「頼むよ、ほんとに。死人だけはやめておくれよ」

よよよ、とフィオリアに縋りつくカティヤ。

冗談めかした調子だが、ガシッとフィオリアの肩を掴むあたり、わりと本気で死人が出ることを恐れているのかもしれない。

そんなカティヤの様子を見て、女騎士のリズが首を傾げた。

「えっと、団長、こちらの方は……？」

「ああ、紹介しておこうかね。あたしの元同級生の、フローレンス公爵令嬢。あんたらの大好きな〝フィオリア姉様〟だよ」

「初めまして。フィオリア・ディ・フローレンスよ。……ねえカティヤ、いまの紹介はなに？」

フィオリアは訝《いぶか》しげな表情を浮かべると、肘でカティヤの脇腹をつついた。

だがカティヤはニヤニヤ笑うばかりで答えようとしない。

いったいどういうことかしら、とフィオリアが首を傾げていると、

「えっ、えっ……えええええええええええええええええええっ！」

リズが素《す》っ頓狂《とんきょう》な大声を上げた。

「こ、こ、この人が、あの……！」

「私、驚かれるほどの存在かしら」

「当たり前じゃないですか！　フィオリア姉様って、あのフィオリア姉様ですよね！　小説のモデルにもなった……あ、あとでサインください！」

「……まあ、私のサインでいいのなら」

小説というと、たぶん、レオノーラが書いているあのシリーズだろう。

「でも、そういうのは普通、作者本人にねだるものじゃないかしら」

「いいんです！　私はフィオリア姉様のサインが欲しいんです！」

リズの熱弁は、ほとんど絶叫に近かった。

さすがのフィオリアと言えどその勢いには逆らえず、「わ、わかったわ……」と頷いてしまう。

「若い、若いねえ」

そんなリズの様子を眺めながら、カティヤが愉快そうに肩を揺らした。

「さて、それじゃあ大訓練場に行こうかね。リズ、フィオリア、ついてきな」

＊　＊

フィオリアが面白そうと言い出すと、大抵とんでもないことになる――。

カティヤの予感は的中した。

第一騎士団は半数以上が貴族家の子息で、いわば「経歴の箔《はく》付け」として入団するものが多い。

たいてい三年ほど籍を置いて、魔物退治の実績を積んでから実家に戻る。

一方、第四騎士団は最前線で戦う「本物の騎士団」である。

ただしメンバーは女性のみとなっており、このため第一騎士団は、第四騎士団を見下しがちだった。なかでもカノッサ公爵家の次男、ハインリヒの態度は極めつけのものだった。

「はっ、女のくせに騎士ごっこなんて生意気なんだよ。どうせおまえら、玉の輿《こし》狙いで騎士団に入ったんだろ？　気が向いたら愛人くらいにはしてやるから、部屋でお人形遊びでもしてやがれ」

その言葉に対して、第四騎士団の女性たちから向けられたのは冷たい視線。

ハインリヒは一瞬「うっ」とたじろいだものの、それを塗り隠すように大声を張り上げた。

「さっさと出ていけ！　オレは女でも殴れる男だからな！　嫁にいけないない顔になっても知らねえぞ！」

脅しつけるように木刀を掲げるハインリヒ。

「あのドラ息子……！」

カティヤが大訓練場に到着したのはこのタイミングだった。

さすがにここまで馬鹿にされて、女として黙っていられない。

ハインリヒの根性を叩き直してやろうと木刀を手に飛び出そうとした。

だが、それよりも早く……

「あら奇遇ね。私、男でも殴れる女なのよ」

フィオリア・ディ・フローレンスが、ハインリヒの前に立ちはだかっていた。

木刀片手に、しかし、翡翠色のドレス姿のまま。

とてもではないが、戦える恰好《かっこう》には見えない。

「団長、フィオリア姉様が……」

不安げな表情を浮かべたのは、女騎士のリズ。

しかしカティヤは、やれやれ、といったように肩をすくめた。

「それには及ばないよ、リズ。よーく見ときな。あたしたちじゃ絶対に届かない領域ってのを拝《おが》めるチャンスなんだから」

傲慢そのものの表情を浮かべ、ハインリヒは話しかけた。

「可愛い顔してるじゃねえか。何なら囲ってやろうか？　喜べよ、オレはカノッサ公爵家の次男だぜ」

彼はまだ気づいていない。

眼前の女性が、いったい何者であるかなど。

「どうでもいいわ。さっさと殴ってきなさい。もちろん、殴り返すけど。……まあ、キャンキャンうるさいだけの駄犬には、そんな度胸もないかしらね」

「手前《てめえ》ェッ！」

ハインリヒはいとも簡単に激高した。

幼いころから何不自由なく育ったため、少しでも気に食わないことがあると、容易にその感情は沸点を越えてしまう。彼の父親、コンラート・ディ・カノッサはハインリヒの性格を矯正するために騎士団へ入れたのだが、いまのところ、まったく改善されていなかった。

「女のくせに生意気言ってるんじゃねえぞ！」

木刀を振り下ろす。

それはフィオリアの右肩を強打し、骨をも砕く……はずだった。

「遅いわ」

カァァァン！

カン高い打撃音とともに、木刀が弾き飛ばされる。

フィオリアの斬撃はあまりに速く、そして、鋭かった。

ハインリヒの木刀は地面に落ち、しかも、真ん中から二つに折れていた。

「……くそっ！　いまのは手加減してやっただけだ！　代わりの木刀をよこせ！」

ハインリヒは近くにいた騎士から木刀を奪い取ると、再び、フィオリアへと向かっていく。

今度は突き。

明らかに心臓を狙ったもので、直撃すれば命の危険すらありえる。

「何としても勝とうとする執念……ではないわね。単なる猪突猛進《ちょとつもうしん》。つまらないわ」

同じ光景が繰り返される。

二本目の木刀も弾き飛ばされ、真ん中で叩き折られていた。

「まるで猪《いのしし》ね。いいえ、その無様さは猪に失礼ね。——身の程を知りなさい、豚」

フィオリアは自分の木刀の、中ほどを握った。

力を籠める。

ぐしゃり、と。

その手の中で木刀がひしゃげる。

「これ以上続けるというのなら、十秒ごとに貴方の手足を砕いていくわ。どうする？」

「お、オレはカノッサ公爵家の次男だぞ！　ただで済むと思うなよ！」

「ふうん」

ハインリヒは声を荒らげて恫喝するが、フィオリアはあくまで平然としていた。

冷ややかな目付きのまま、平坦な口調で言い返す。

「ところで私はフローレンス公爵家の娘なのだけど」

「なっ……!?」

「初めまして、フィオリア・ディ・フローレンスよ」

その名乗りは、第一騎士団の面々をにわかに動揺させた。

彼らの多くは貴族家の子弟であり、親たちから《暴風の女帝》についてさまざまな逸話を聞かされていた。さらに最近では単騎でイソルテ王国を滅亡させている。

そんな相手を敵に回してしまったとなれば、真っ青になるのも仕方ないだろう。

「フィ、フィ、フィオリア、だと……う、う、嘘だっ、ありえないっ…………！」

怯えたように首をブンブンと振るハインリヒ。

「ありえないことばかりが人生よ。楽しいでしょう？」

微笑みを浮かべるフィオリア。

とくに害意は込めていなかったはずだが、どうやらそれがトドメになったらしく、ハインリヒはくたりと気を失った。

「さて」

フィオリアは顔を上げた。

第一騎士団の男たちに目を向けると、全員、さっと目を逸らした。

「御前試合の練習がしたいのでしょう？　私に一太刀《ひとたち》入れられるなら、優勝は間違いないわよ。どうかしら」

しかし男性陣は何も言わない。

まるで嵐が通り過ぎるのを待つ小動物のように、じっと息をひそめていた。

彼らは親たちの言葉を実感していた。

暴風の女帝。

フィオリアがそう呼ばれるのも納得だ、と。

「すみません！　お願いしてもいいですか！」

沈黙が流れるなか、爽《さわ》やかな声が響き渡った。

振り返ると、こちらを見守るカティヤのそばに、一人の青年が立っていた。

こげ茶色の短髪で、いかにも明るい雰囲気だ。

「ジョシュア・ディ・オルレシアです！　よろしくお願いします！」

オルレシア姓ということは、彼がカティヤの息子なのだろうか。

たしかに顔の造形はジェイクそっくりだが、ところどころ、カティヤの面影も混じっている。

ジョシュアはたたっと駆け寄ってくると、フィオリアの前であらためて一礼した。

「元気ね。それに度胸もある。……貴方みたいな子は、嫌いじゃないわ」

「ありがとうございます！　いまのすっげえかっこよかったです！　惚れました！　オレが勝ったら付き合ってください！」

「そうね、考えてあげないこともないわ」

「やった！」

心の底から嬉しそうな表情を浮かべるジョシュア。

まるで仔犬のようね……とフィオリアは苦笑する。

ジョシュアは木刀を構えた。

フィオリアは先程と変わらず、泰然とした様子で向かい合う。

お互いが動き出そうとした、その寸前。

「緊急事態です！　王都のすぐそばで大型魔獣の目撃情報がありました！　全騎士団はすぐに警備を固めてください！」

伝令の兵士が、汗だくになって転がり込んできた。

王都を出てしばらく西に向かった先。

アケナー平原。

そこに王国軍騎士団は布陣することになった。

総数は、およそ、二百名。

重装の鎧《よろい》騎士や、高位魔導師の姿も混じっている。

たった一匹のモンスターを迎え撃つには過剰戦力だろうが、今回は、相手が相手である。

〝竜殺しの白狼〟。

目撃された魔獣はそのような二つ名を持ち、魔物の生息地、黒き森のなかでもひときわ強大な存在だという。

狼型の最上位魔物としてはフェンリルが知られているが、あちらの体毛は黒。

とすると白狼はフェンリルの突然変異か、あるいはまったくの新種か。

その性格は、非常に攻撃的である。

脆弱《ぜいじゃく》な人間にはまったく興味を示さず、格上の魔物ばかりを殺して回っていたのだとか。

「なかなか見所のあるイヌじゃない。その挑戦心は評価に値するわ。けれど、どうしてトリスタン王国なんかに来たのかしら？　ここにはさほど大した魔物はいないでしょうに」

「……あたしの隣には、ドラゴンよりも危ないヤツがいるんだけど」

カティヤは嘆息した。

〝白狼〟はたぶんフィオリアが目当てだろう。

そのことを話すと、

「なら、私が出ましょうか。念のために、後方は騎士団で固めておいて頂戴」

「あんたは騎士団の人間と違うだろう？　戦わせるわけにはいかないよ」

「大丈夫。ちょっと王都の外へ散歩に出て、たまたま躾《しつけ》の悪いイヌに出くわすだけだから。ちょっとお仕置きしたら帰ってくるわ」

「まったく。あんたは変わらないね、フィオリア」

苦笑するカティア。

彼女はフィオリアの思惑を理解していた。

この優しい優しい〝暴風の女帝〟さまは、自分が矢面《やおもて》に立つことで被害を減らすつもりなのだろう。

……まあ、フィオリアの実力を考えると、かすり傷ひとつないままに圧勝しそうな気もするが。

「分かったよ。バックアップはあたしらが引き受けた。折角だから若い連中に、〝暴風の女帝〟の実力ってやつを見せつけておいてくれよ」

「任せておいてちょうだい、カティヤ」

かくしてフィオリアによる魔獣討伐が行われることになった。


……のだが。

「ガウ！　ガウガウ！　クゥゥゥン！」

戦いは一秒で終わった。

白狼はフィオリアを見つけるなり、ものすごい勢いで駆け寄って、彼女の頬を舐め上げた。

「……貴方、もしかして、モフモフ？」

「ガウッ！」

モフモフとは、二十年前にフィオリアが飼っていた犬の名前である。

彼（モフモフはオスである）は毒に倒れたフィオリアを救う手段を探し、単身、黒き森に足を踏み入れた。

そこで幾多の戦いを経るうち、新種の魔獣へと進化を果たしていた。

「随分と大きくなったのね。元気にしてたかしら？」

「ガウガウ！　オーン！」

元気よく答えると、遠吠えを放つ白狼……モフモフ。

すると。

――オーン！

モフモフとは異なる、狼の遠吠えが聞こえた。

すぐ近くの森から、もう一匹、今度は黒色の狼が飛び出した。

カティヤを始めとした騎士団の面々に戦慄が走る。

なぜならそれは、人里に現れれば街どころか国すらも滅びかねないと伝えられる存在。

冒険者ギルドにおいては「魔物」ではなく「災害」にカテゴライズされる、魔物ならぬ魔物。

正真正銘のフェンリルである。

「ガゥゥ！」

フェンリルはモフモフのそばに寄り添うと、ペコリ、とフィオリアに頭を下げた。

まるで挨拶《あいさつ》するかのように。

「モフモフ、貴方、もしかして……」

フィオリアの声が珍しく震えていた。

何度も目をパチクリさせて、問う。

「もしかして、奥さん、できたの？」

「ガウッ！」

「ガゥッ！」

今度は二匹揃って頭を下げる。

モフモフに、フィオリアと戦うつもりはなさそうだ。

「彼女を紹介するために、私のところに来たのかしら」

「ガウガウ」

頷くモフモフ。

予想外の展開を前にして、フィオリアは、ゆっくりとカティヤのほうを振り返った。

「ねえカティヤ、時間の流れってすごいわね」

「あたしが結婚して子供を産むくらいだしねえ。……とりあえず、飼い主として散歩と餌《えさ》やりは忘れないようにしなよ」

軽く茶化しながら、内心でカティヤはフィオリアを賞賛していた。

昔からタダモノじゃないと思っていたけど、本当に、いつも驚かせてくれる。

相変わらずあんたはとんでもない女だよ、フィオリア。

＊　＊

フィオリアの飼い犬……モフモフはオスである。

ならば当然、その番《つがい》はメスということになる。

「たしかに、こっちの子はちょっと華奢ね」

「あたし、フェンリルに華奢って表現を使うやつ、初めて見たよ」

横でカティヤが苦笑する。

フィオリアは、モフモフの妻……フェンリルの身体にそっと触れた。

「クゥーン」

なでなで。

もこもこ。

まるで極上の絨毯みたいな触り心地。

ポフッと顔ごと埋めてみると、体温の温かみも相まって、そのままとろんと眠くなってくる。

「ガウゥゥ……」

そうやってフィオリアがフェンリルの毛皮を堪能していると、後ろでモフモフが拗《す》ねたような唸り声を出した。

「あら、貴方、嫉妬してるの？」

「クゥン」

そんなことないもーん、とでも言いたげにそっぽを向くモフモフ。

「まったく、仕方のない子」

頭から背中にかけて、ゆっくりとその身体を撫でる。

二十年前と違い、モフモフは十倍ほどの大きさになっている。

毛並みのふわふわ具合も十倍近くになっていて、しかも、すべすべ要素もプラスされていた。

皮膚ごしに伝わってくる筋肉の感触がなんともいい具合で、つい抱きつかずにいられない。

「クゥゥゥ……」

すると今度はフェンリルのほうが不満げに喉を鳴らした。

ぽふん。

フィオリアに軽く体当たりする。害意はなく、甘えるようなしぐさだった。

前にはモフモフ、後ろにはフェンリル。

挟み撃ちのふわもこである。

これ以上の幸福は、世界に一つとして存在しないだろう。

「くぅ、すぅ…………はっ、私としたことが」

あまりの気持ちよさに眠りかけたフィオリアだったが、すんでのところで我に返る。

「堪能頂けたようだな、ご主人」

「ええ、たっぷり…………ん？」

いまの、やたらダンディな声は誰のものだろう。

「俺ぐらいの魔獣になれば、人語くらいは話せるようになる。どうだ、驚いただろう？」

「モフモフ、喋れるようになったのね」

フィオリアはさほど衝撃を受けていなかった。

彼女の心を動揺させたのは、せいぜい、モフモフが妻を迎えていたことくらい。

そのほかは「世の中、ありえないことだらけだしね」くらいに考え、すぐに納得していた。

現実適応能力の高さこそ、フィオリアをフィオリアたらしめるもののひとつである。

……まあ、カティヤを始めとした騎士たちは、驚愕《きょうがく》のあまり目を点にしていたが。

「俺だけではないぞ。レムリス、挨拶をしろ」

「初めまして、フィオリア様。わたくし、モフモフの妻のレムリスと申します」

やけに色っぽい艶やかな声を発すると、フェンリルはしずしずと頭を下げた。

「丁寧にありがとう。私はフィオリア・ディ・フローレンス。モフモフの主《あるじ》よ。よろしくね」

スカートのすそを広げての一礼。

他方、騎士らは二度目の驚愕に襲われていた。

フェンリルが人語を話す——。

そんな記録は古今東西どこを探しても存在せず、まさしく史上初の発見だったからだ。

とはいえフィオリアは平然としており、左手でモフモフを、右手で妻レムリスを撫でていた。

「ご主人、実は他にも紹介したい相手がいるのだ」

「側室でもいるのかしら」

「いいや、俺はレムリス一筋だ。見てもらった方が早いな。……オォォォォン！」

モフモフが遠吠えを放つ。

すると、すぐ近くの森が揺れた。

「「オォォォン！」」」

飛び出してきたのは、仔犬サイズの、しかし犬よりも精悍な顔立ちの魔獣。

フェンリルの子供である。

わらわらと飛び出してくると、一直線にフィオリアへと向かい、四方八方からもみくちゃにした。

さながら祖母に懐く孫たちのようである。私まだ身体は十代なんだけど。ちょっと複雑な気分になるフィオリア。というか子供！　子供！

「ねえ、カティヤ」

次々に飛びついてくる仔フェンリルをあやしつつ、すでに結婚した友人に話しかける。

「ねえカティヤ、時間の流れって残酷ね。飼い犬が結婚どころか子供まで作ってたわ」

「あたしだって結婚して息子を産んでるしねえ。ひい、ふう、みい……九十八匹もいるじゃないか。ずいぶん子沢山ときたもんだ」

ちなみにカティヤの趣味はバードウォッチングであり、動物を数えるのはお手の物である。

「こんなにたくさん飼えるのかい？」

「とりあえずお父様に相談かしら」

「……待て、九十八匹だと」

「どうしたの、モフモフ？」

「我が子は九十九匹だ。一匹足りんぞ。うむむ……」

＊　＊

ポフポフは九十九匹兄弟の末っ子で、九十八匹の兄フェンリルたちとの間には微妙な溝があった。

「クゥン……」

他の兄弟らは幼いながらもフェンリルらしい身体つきだが、ポフポフだけは仔犬のような姿だった。狩りでもさほど活躍できず、いつも優しい兄らに助けられてばかり。ありがたいと感じる反面、そんな自分が情けなく……劣等感から、家族とのあいだに壁を作っていた。

そんなポフポフは、いま、王都の裏通りに迷い込んでいた。

きれいなチョウチョを追いかけているうち、群れからはぐれてしまったのだ。

「クュゥ……」

このまま皆のところに帰れなかったらどうしよう。

人間たちに捕まったら、ひどい目に遭わされるかもしれない。

だって自分は魔物なのだから。

不安で泣きそうになりながら、右へ左へ、夕暮れの薄暗い通りを歩く。

「お嬢さん、その書類を渡して頂きましょうか。さもないと、痛い目にあうかもしれませんねぇ」

ふと、曲がり角の向こうから声が聞こえた。

まるでへばりつくような、陰湿な声色。男のものだ。

「い、嫌ですっ！　やめてください、人を呼びますよ！」

「どうぞどうぞ、お好きに。まあ、そのときはワタシのナイフが暴れてしまうかもしれませんがねぇ。知ってますか？　人間の頚動脈《けいどうみゃく》を上手に切ると、まるで笛のような音と一緒に血が噴き出すんですよ」

「ひっ……」

ポフポフは見た。

ナイフを手にした男が、ひとりの女性を脅しつけている光景を。

男はニタニタといやらしい笑みを浮かべつつ、ナイフの刃先で、女性のブラウスのボタンをひとつひとつ外していく。

――ど、どうしよう。

ポフポフは全身をこわばらせながら逡巡《しゅんじゅん》する。


男からは〝わるいやつ〟の気配がする。

故郷の森にも似たような雰囲気の魔物がいて、そういうやつは悪事を働いてばかりだった。

他の魔物から食べ物を奪ったり、ひどいときは、意味もなくいたぶったり。

モフモフ父さんは、いつも、そんな〝わるいやつ〟と戦っていた。

ポフポフにとって憧れの、正義のヒーローだった。

父さんの子供として、僕も、戦わないと。

あの男を止めなくちゃ。

でも、大丈夫だろうか。

ナイフの刃は凶悪な光を放っていて……刺されたら、とっても痛そう。

もしかしたら死んでしまうかもしれない。

僕はまだ子供で小さいから、別に逃げてもいいんじゃないか。

ポフポフの心は迷っていた。揺れていた。

「たす、けて……」

女性の、か細い悲鳴。

ふと、ポフポフと目が合った。

彼女は決してポフポフに助けを求めたわけではない。

たまたま、視線の先にポフポフがいただけである。

……だが、それが彼に決意をうながした。

「ガウウウウウウッ！」

普段のポフポフからは考えられない勇ましさとともに、物陰から飛び出す。

男の足元に噛みついた。

牙を突き立てて、深く、深く、深く！

「ぐぅっ……！　なんだ、このクソ犬は！」

男は激怒した。

先程までの余裕綽綽《しゃくしゃく》とした態度はどこへやら、乱暴にポフポフを振り払う。

「キャン！」

小さな身体が、レンガの壁に叩きつけられた。

痛い。

涙が出た。

けれど負けるもんか。

僕はポフポフ、誇り高き〝竜殺しの白狼〟の子供。

ここで勇気を出さなきゃ、どこで出すっていうんだ！

少なくないダメージによろけながらも、女性を守るようにして、男の眼前に立ちはだかる。

「野良犬ごときがオレの邪魔をするんじゃねえ！　死ねやァ！」

蹴りつけてくる男。

ポフポフは避けなかった。だって後ろには女の人がいる。腰が抜けているのか、地面にへたりこんでいる。

僕が避けてしまったら、この人に当たってしまうかもしれない。だから、我慢する！

男の爪先が、ポフポフの小さく柔らかな身体に突き刺さる……その寸前。


「——よく頑張ったわね。胸を張りなさい、貴方はまさしく、あのモフモフの子供よ」


突風が吹き抜けた。

それは男を横合いから殴りつけ、反対側の壁に叩きつけていた。

果たしてなにが起こったのだろう。

ポフポフは振り向いた。

そして、目撃した。

赤い夕陽を背に、ゆっくりと少女が近づいてくる。

その長い髪は黄金の輝きを放ち、さながら地上に降りた第二の太陽のようだった。

こちらを見つめる翡翠の瞳は、全世界の支配者であるかのような威圧感と、すべてを慈《いつく》しむような温かさに満ちている。

彼女が誰なのか、ポフポフは本能で理解した。

モフモフ父さんが、いつも僕たちに語り聞かせてくれたあの人。

敵には容赦せず、けれど身内にはどこまでも優しい――さながら魔族の伝説に語られる、〝はじまりの魔王〟のような存在。

フィオリア・ディ・フローレンス！

「何だ、テメエ……」

男は痛みに顔をゆがませながら立ち上がる。

「いまのは風の魔法かァ？　調子に乗るんじゃねえ、オレ様は、裏社会でも魔術師殺しとして名の知られた――」

「黙りなさい。……私はいま、この子と話をしているの」

「ひぃっ………」

フィオリアがギロリとひと睨みしただけで、男は竦み上がり、ナイフを地面に取り落としていた。

「ポフポフ、貴方はモフモフそっくりね。見た目も、中身も」

すっと腰を下ろし、ポフポフを抱き上げるフィオリア。

「兄弟の中じゃあまり強くないと聞いているけれど、安心しなさい。じきに貴方は兄たちを追い越すでしょう。弱さを知る強者ほど恐ろしいものはないのだから。……そういう意味じゃ、私なんてまだまだだね」

ああ、でも、前世の経験を考えれば弱さも知っていることになるのかしら。

フィオリアは小さくひとりごちる。

それからあらためて、男のほうに向き直った。

「待たせたわね。本来なら私がじきじきに絞首台へ送ってあげたいところだけど、ものには道理というものがあるの。……ねえ知ってる？　フェンリルって、親兄弟の情がとても深い種族なのよ」

たまたま足元に落ちていた小さめのレンガを拾い上げるフィオリア。

高く掲げると、ぐしゃり、と握り潰した。

「嘆きなさい、貴方の末路はこのレンガよ」

そう高らかに宣言すると、同時。

周囲の物陰から百匹の親子フェンリルが飛び出し、男へと襲い掛かった――。

＊　＊

とはいえ殺してしまえば大問題だし、事件の背後関係も洗いたい。

モフモフとレムリス、そして子供たちは一応の手加減をしつつ、男をボッコボコに叩きのめした。

それがトラウマになったらしく、視界に仔フェンリルをチラつかせるだけで、男は何もかもを白状した。

彼の名前はダイヴ。

いわゆる裏社会の住人で、金さえ積めばどんな仕事も引き受ける。

今回の依頼は、とある女性の殺害。

そして彼女の抱える書類の奪取だった。

ならばその書類はどんなものかといえば、被害者の女性……ナタル・ミリアノ曰く、

「不正の証拠です。私は王国騎士団の会計係なんですが、最近、カノッサ公爵まわりで怪しいお金の流れが増えていたんです。それについて調べていたら、今日、こんなことに……」

＊　＊

フィオリアの前世はＯＬである。

通称〝経理の女王様〟。

数字にはめっぽう強く、不正を見つけ出すのもお手の物だ。

「ここと、ここと、ここ。明らかに誤魔化しが入ってるわ。第一騎士団の帳簿、十年分持ってきて」

「は、はいっ！」

カノッサ公爵家の不正を発見した事務員……ナタルはパタパタと書類倉庫へと走っていく。

ナタルもナタルで生真面目な性格をしており、そのためかフィオリアとの相性は抜群だった。

まるで数年来ともに働き続けてきた上司と部下のように、最高の連携を発揮している。

「レクス、頼んでいた調査は終わった？」

背後で影のように控える従者に声をかける。

「勿論です。調査も執事術のひとつですから」

「執事術って万能なのね……」

紅茶の淹れ方に始まり、隠密《おんみつ》行動、さらには情報収集。

きっとレクスは他にもいろいろなことをマスターしているのだろう。

恐るべし執事術。いったいどこで学べるのやら。

「どうやらカノッサ公爵家は、第一騎士団への物資納入に便乗して予算を着服していたようです」

第一騎士団は半数以上が貴族の子弟である。

当然ながら予算も潤沢で、物品の交換サイクルもやたらと早い。剣にすこし傷が付いただけで新品に買い替えるのもざらだった。

それを隠れ蓑とし、カノッサ公爵家は不正を行っているようだ。

第一騎士団には専属の商人もいるが、彼らもおそらくグルだろう。

……以上のことを説明すると、ナタルは驚きの表情を浮かべた。

「フィオリア様ってすごいですね。こんなすぐに裏の裏まで暴いてしまうなんて……」

「私はさほど働いてないわ。頑張ってくれたのはレクスだし、そもそも不正に気付いたのは貴女じゃない。もっと誇りなさい、ナタル。貴女みたいに真面目な人間が働いているのなら、王国騎士団も安泰ね」

「ほ、褒め過ぎですよう。私なんて地味ですし、皆から存在感も薄いって言われてますし……」

たしかにナタルの外見は、派手さとはまったくの無縁だった。

化粧は薄く、アクセサリもつけていない。

眼鏡もひかえめな銀フレームだ。

だが、見る者が見れば分かるだろう。

会計係の制服には皺ひとつなく、裾《すそ》までピンと伸ばされている。

靴も綺麗に磨いてあり、彼女の几帳面さが窺《うかが》えた。

すきがなく、きちんとした女性。

フィオリアにとっては好ましいタイプのひとつである。

「どうやら会計係の男たちは、みんな女性を見る目がないようね。貴女は喩《たと》えるなら、黒曜石《オブシディアン》かしら。もしも世界が夜に包まれていたとしても、分かる人には分かるはずよ。ナタル・ミリアノという女性の輝きをね。ただ――」

「ただ……？」

「できるなら、ほんの少しだけ顔を上げてみなさい。前髪も短くしましょう。きっとそれだけで、男たちの反応も変わるはずだから」

手を伸ばして、ナタルの前髪をすくいあげるフィオリア。

ふふ、と笑いかける。

するとナタルは顔を赤らめて、やや俯き気味になった。

＊　＊

当代のカノッサ公爵は、フィオリアの元同級生である。

コンラート・ディ・カノッサ。

実は『深き眠りのアムネジア』の攻略対象で、この世界だとアンネローゼの取り巻きだった。

二十年前の事件ではトリスタン王国の内情をアンネローゼに漏らしてはいたものの、カノッサ家の権力によって隠蔽《いんぺい》され、なんとか処分を免れている。

「くそっ！　まさかこんなことになるとは！」

コンラートはいま、大急ぎで王都を逃げ出そうとしていた。

ナタルへ差し向けた暗殺者は失敗し、さらには不正の証拠をフィオリアに押さえられてしまった。

もうだめだ、おしまいだ。

こうなったらイチかバチか、外国に亡命するしかない。

まずはカノッサ公爵領に戻って長男と合流だ。

次男？

できそこないのハインリヒなど知ったことか。

この前も第四騎士団とトラブルを起こしたらしい。

カノッサ家の恥さらしめ。

心の中で罵倒を繰り返しつつ、馬車に飛び乗った。

背もたれと屋根があるだけのオープンタイプで、周囲の景色を見渡すことができる。

王都を出た。

前方は見晴らしのいい草原で、その上には、雲ひとつない青空が広がっている。

「久しぶりに馬に乗りたくなるな。……この身体では、無理だろうが」

二十年前は端正な貴公子として多くの令嬢を虜《とりこ》にしたコンラートだが、いまの彼はまるで別人のようだった。

まるでオークのような、たぷたぷとした肥満体。

彼の乗る馬車は、本来二頭で引くところを八頭で引かねば動かない。

それほどまでに太っているのだ。

疲れた表情で窓から外を見上げていると、道中、予想だにしない事態が起こった。

「あらコンラート、お久しぶりね」

「な、ぁ……っ………!?」

馬車のすぐ隣。

突如としてフィオリアが姿を現したのだ。

白い、巨大な狼の背に乗っている。

あれはフェンリルだろうか？

だがそれならば体毛は黒いはず。

新種の魔物？

ありうる。

フィオリアの周囲なら何が起こってもおかしくない。

あの女は昔からそうだった。

常識外れの事態を、当たり前のように引き寄せるのだ。

「二十年ぶりだけど、貴方、ずいぶんと老けたわね？」

「そ、そういうオマエは変わらんな、フィオリア」

内心の動揺を押し隠しながら返事をするコンラート。

額とこめかみからは、冷や汗がダラダラと滝のように流れ落ちている。

「い、いったいワタシに何の用だ……？」

「あら？　自意識過剰じゃない？　私は単に、愛犬を散歩させてるだけよ。ねえ、モフモフ」

「うむ。世話をかけるな、ご主人」

「お、狼が喋った……？」

コンラートは目を白黒させる。

もともと混乱していたうえ、喋る狼という不条理を目にしたことで、彼の理性は崩壊寸前だった。

「賢いでしょう？　ところでコンラート、貴方、貴族学校にいたころはアンネローゼの取り巻きだったわよね」

「あ、ああ……。でも、ワタシは一歩引いた位置にいたんだ。他の連中はアンネに夢中だったけど、ワタシは距離を保った付き合いをしていた。国や家の内部情報なんて漏らしたりしていない」

「本当かしら？」

「ああ、本当だ。信じてくれ」

コンラートは、連日の酒びたりで黄色くなった瞳でフィオリアを見つめる。

真実はというと、真っ黄色な、否、真っ赤な嘘である。

二十年前、コンラートは取り巻きのなかでも熱狂的なアンネローゼの信奉者だった。

彼女の気を惹くためなら何でもした。

トリスタン王国軍やカノッサ公爵家の内情も、片っ端からすべて明かした。

……にもかかわらず、コンラートは罪に問われていない。

カノッサ公爵家の権力でもみ消したのだ。


――それに、もう二十年も前のことだ。いくらフィオリアでも突き止められんだろう。

コンラートはそう確信し、内心でほくそ笑んでいた……のだが。

「ねえコンラート。ブラジア王は、アンネローゼを通して貴族たちの後ろ暗い秘密を握っていたわ。

さて問題。彼が手にしていた『秘密』は、いまどこにあるでしょう？」

「まさか……」

「イソルテ王国を解体したときに、すべて私の手元に確保させてもらったわ。ヴィンセント陛下の許可もある。……ちょっと調べてみたけれど、コンラート、アンネローゼにたくさんの情報を流していたみたいね」

「ぁ、ぁぁぁぁぁっ……ぅうううううっ！」

もはやコンラートは言葉らしい言葉を発することができず、真っ青な顔で呻《うめ》くばかりだった。

相手がフィオリアとなれば、カノッサ公爵家の権力では抑えきれない。

フィオリア本人の能力もさることながら、フローレンス公爵家は絶大な力を持つ。

同じ公爵位でも、カノッサ公爵家はせいぜい百年ちょっとの歴史しか持たず、他方、フローレンス公爵家はトリスタン王国の建国以来、三百年に渡って王家を支えている。

歴史も格もダントツであり、とても逆らえる相手ではない。

「ダメだ……もう、おしまいだぁ……」

コンラートは頭を抱え、これ以上の絶望はない、と言わんばかりの表情を浮かべる。

「おしまいじゃないわ」

フィオリアが毅然《きぜん》とした声で告げる。

だがそれは、決してコンラートを励ますものではなかった。

「貴方の罪はまだまだ他にもあるでしょう？　騎士団予算の着服もそうだし、色々と後ろ暗いことをしていたみたいね」

これはレクスの追加調査で分かったことだが、コンラートはトリスタン王国の内部情報を裏のルートで売買していたらしい。

まさに文字通りの売国奴。

国を蝕《むしば》む害獣そのものである。

「コンラート・ディ・カノッサ。罪を悔いて大人しく降伏するのなら、カノッサ家が残る程度には配慮してあげる。元クラスメイトとして、最後の慈悲よ」

「くっ……どうあっても、ワタシの死刑は免れんわけか……」

ならば！

くわ、と目を見開くコンラート。

護衛の騎士たちに向けて、高らかな声で命じる。

「せめて悪徳貴族として最後のひと華を咲かせよう！　騎士たちよ、フィオリア・ディ・フローレンスを討ち取れ！　さすれば、とびきりの褒美を考えてやる！」

なお、コンラートとしては褒美を考えるだけ考えて、何も与えるつもりはない。

そもそも護衛の騎士ごときがフィオリアに勝てるとは思っていない。

とはいえ足止めにはなるだろうし、その間になんとか自分だけでも領地に逃げ込むつもりだった。

だが、コンラートの目論見《もくろみ》は見事に外れてしまう。

「フィオリアだって……！」

「相手は《暴風の女帝》だろ⁉　国ひとつ滅ぼせるような相手と戦えってのか！」

「やってられるか！　オレは家に帰らせてもらうからな！」

フィオリアの名前を聞いた途端、騎士たちの多くは怖気《おじけ》づいてしまったのだ。

「────ォォォォォォグオオオオオオオオオオオオオオオオオオッ！」

モフモフの咆哮《ほうこう》が、トドメとなった。

大音量もさることながら、大地を揺らし、地割れを生み出した。

その視覚的なインパクトによって、騎士たちの士気は完全崩壊に陥ったのだ。

「し、し、死にたくねえ！」

「うわあああああああああああっ！」

「た、助けてっ！　助けてくれえええええっ！」

蜘蛛《くも》の子を散らすように逃げ出す騎士たち。

馬車を引いていた馬もパニックを起こし、四方八方に走り去ってしまう。

「そ、そんな……！」

後に残ったのは、哀れなコンラート一人だけ。

馬車は横倒しになり、彼は地面に放り出された。

「無様ね、コンラート」

フィオリアはどこまでも蔑んだ瞳でこちらをにらみつけてくる。

「私としては、もう、直接手を下す価値すら感じないわ。……だからせめて、この子の借りだけでも返させてもらいましょうか」

「ガウッ！　ガウガウ！」

ちょうど保護色になっていたためコンラートは気付かなかったが、モフモフの背中には、一匹の白い仔犬がしがみついていた。

九十九匹兄弟の末っ子、ポフポフである。

先日、ナイフ使いのダイヴによって負った傷はすっかり治っていた。

「ポフポフ、この男がダイヴの雇い主よ。……やられた分は、ちゃんと三倍返ししておきなさい。それは誇りを保つために必要なことだから」

「ワウ！」

ポフポフは勢いよく飛び掛かると、コンラートの尻に噛みついた。

青空の下に、魂を削るような絶叫が響き渡った。


かくしてコンラートは収監され、ついで長男ブルーノ、次男ハインリヒも牢獄送りとなった。

どうやらカノッサ家は一族ぐるみでさまざまな不正を行っていたらしく、もはや家の取り潰しは避けられないだろう。

「一歩進展、ね」

フィオリアは満足げに頷いた。

コンラートが使っていた、情報売買のルート。

これを辿っていけば、もしかするとアンネローゼに辿り付けるかもしれない。

楽しみだ。

ああ、本当に楽しみだ。

王手《チェックメイト》まであと少しよ、アンネローゼ。

貴女だって、私が蘇ったことを知っているでしょう?

さあどうするの?

立ち向かう? 逃げ出す? それとも二十年前みたいに毒を盛るのかしら?

何でもいいわ。

せいぜい楽しませて頂戴。


かくして今回の一件は、無事、終わりを告げた。

ように見えたが、しかし。

ある日、ひとりの事務員がフローレンス家の別邸を訪ねてくる。

「すみません、冒険者ギルドから来たのですが……」

「いつもお仕事ご苦労さま。我が家に用事かしら」

「フィオリア様に用事というか、お願いがありまして」

「どうしたの?」

「現状、ギルドの認可を受けない魔物飼育は禁止されております。申し訳ありませんが、冒険者ギルドまでお越しいただけませんでしょうか……？」

現在、フィオリアは百一匹のフェンリル（厳密にはモフモフ＋百匹のフェンリル）を飼っている。

スペースについては大丈夫だった。

フローレンス家の別邸はかなりの規模を誇り、その裏庭だけでもフェンリルたちが暮らすには十分な広さである。

だが問題は別のところにあった。

法律上、冒険者の中でもテイマーという資格を持つものにしか、魔物の飼育は許されていないのだ。

「……すっかり忘れてたわ」

フィオリアらしくもないミスである。

彼女にとってモフモフはあくまで飼い犬であり、その延長で、妻のレムリスや九十九匹の子供まで犬のように思い込んでいたのだ。

「す、すみません、フィオリア様！　無礼は承知なのですが、決まりでして……」

冒険者ギルドの事務員は、可哀想なくらいに萎縮していた。

相手がかの〝暴風の女帝〟と聞き、決死の覚悟で訪ねてきたのである。

「安心してちょうだい。ルールを守ることの大切さは私も理解しているから。怒ったりしないわ。むしろよく来てくれたわね、貴方」

微笑みかけるフィオリア。

事務員はまだ年若い少年で、初心なのだろう、照れてぷい、とそっぽを向いてしまった。

「その度胸があれば、努力次第で出世できるはずよ。励みなさい、期待しているから」

ぽん、ぽん。

少年の頭を撫でるフィオリア。

「それにしても、冒険者ギルドに行くのは久しぶりね。いつもは依頼する側だったけど……ティマーの資格を取るってことは、講習とかクエストがあるのかしら。ちょっと楽しみね。面白そう」

いつもより軽い足取りで屋敷を出た。

ところで彼女の友人であるカティヤは「フィオリアが面白がるとロクなことにならない」などとボヤいているが、実際、その通りであった。

この日、ルンルン気分のフィオリアによって冒険者ギルドはいろんな意味で大きな危機を迎えることとなる――。

幕間1　《暴風の女帝》、冒険者デビューする

駆け出し冒険者のミリリは困り果てていた。

「なあお嬢ちゃん、田舎から出てきたばっかりの新人なんだろ？　オレたちが色々教えてやるよ」

「手取り足取りなあ！　へへっ！」

「せっかく先輩サマが親切にしてやってんだ、まさか断ったりはしねえよなぁ……？」

冒険者登録を終え、まずは近場でスライム狩りでもしようかと思ったら、いかにもガラの悪そうな男たちに絡まれた。

ど、ど、どうしよう。

断りたい。とっても断りたい。

だって男たちは、舐めるような視線でこっちを眺めている。絶対よからぬことを考えているに違いない。

うっかりついていったら、どんな目に遭わされるやら。

けれど断ったら断ったで面倒ごとになりそうだし……。

助けを求めるようにギルドのロビーを見回しても、みんな素知らぬふり。冷たい。王都は冷たいです、師匠。

こうなったら私の、わりと制御不能な火炎魔法で何もかもを吹き飛ばしてホットにしましょうか

……などと、ミリリが物騒なことを考えて、血のように赤い宝玉の魔法杖を握りしめた時——

「ねえ、そこの貴方たち。私も新人なの。エスコートしてくださるかしら？」

ミリリを庇《かば》うように現れたのは、背の高い女性だった。

長い黄金色の髪に、翡翠のドレス。

とてもじゃないけれど冒険者には見えない。貴族だろうか？　もしかすると王族かもしれない。

だって、オーラが違う。

その女性はあまりに大きな存在感でもって、ギルド中の視線を釘付けにしていた。

「へっ……あ……」

「えっと……」

「い、いえ、オレたちまだ冒険者になって三年なんで……」

さっきまでの威勢はどこにいったのだろう。

男たちはすっかり萎縮し、怯えたように身を縮めている。

「三年もキャリアがあれば十分よ。フィオリア・ディ・フローレンスが貴方たちに依頼を出すわ。今日一日、私の供をしなさい」

「そ、その」

「あの」

「きゅ、急用があるかもしれないんで……」

「――私に同じ言葉を二度言わせるつもり？　いい度胸ね」

「「「よ、よろこんでお供させていただきます！」」」

ピシッと背筋を伸ばして、男たちは唱和した。

「すごい、かっこいい……」

ミリリの手は震えていた。

うっかり魔法杖を取り落としそうになる。

衝撃だった。

まさかこんなところで会えるなんて。

フィオリア・ディ・フローレンス。

田舎育ちの自分でも知っている、超有名人だ。

暴風の女帝という二つ名は聞いているけど、誇大表現だと思っていた。

ううん。

むしろ過少表現だ。

だってあの人は、こんなにも眩しいんだから。

まるで太陽のよう。

圧倒的な輝きでもって、どんな相手もひれ伏せさせる。

「あら、貴女……いい杖を持ってるわね」

「ひゃ、ひゃいっ！」

まさか話しかけられるとは思っておらず、つい、変な声が出てしまった。

恥ずかしい。

ミリリは頭にツバの大きな三角帽子を被っていたが、その下で、耳がかあっと赤く染まった。

「宝玉は、龍紅玉《ドラゴンズルビー》かしら。でも、少し魔力の調整が甘いみたいね」

フィオリアは白い指を伸ばすと、そっと魔法杖の宝玉に触れた。

数秒、宝玉が淡く赤い光を放つ。

「これで大丈夫なはずよ。駆け出しどうし、頑張りましょうね」

フィオリアは三人のお供を連れて、ギルドのカウンターに向かっていく。

その姿を、ミリリはぼーっと熱に浮かされたような表情で眺めていた。

＊　＊

「で、ではまず、魔力量の測定を、お願いします。この水晶玉に手を置いて、軽く握ってください」

ギルドの受付嬢は心の底から怯え切っていた。

なにせ相手は公爵家の人間で、しかもあのフィオリアである。

たった一人でイソルテ王国を滅亡に追いやったことは広く知られているし、噂話の常として、極端な方向に話が膨《ふく》らんでいた。

曰く、《神罰の杖《ディヴァイン》》の乱れ打ちでイソルテ家の人間をまとめて蒸発させたとか。

曰く、「降伏しない場合、一分ごとに街をひとつ消していく」とブラジア王を脅迫したとか。

曰く、強引なやり方をヴィンセント国王に咎められた時「イソルテ王国のように消え去るのがお望みですか？」と言い返したとか。

震える受付嬢を横目に、フィオリアはゆっくりと水晶玉に手を置いた。

握る。

——バリン！

「ごめんなさい、割ってしまったわ」

フィオリアの予想以上に、水晶玉は脆《もろ》かった。

少し力を入れただけで砕け散ってしまったのだ。

ギルドの受付嬢は恐怖のあまり失神した。

代わって、奥から二人目の受付嬢が現れる。

「こ、こちらがスペアになります。あんまり力を入れないでくださいね……？」

「大丈夫、同じ失敗は繰り返さないから」

細心の注意を払って水晶玉に触れた。

魔力量の測定が始まり、水晶が輝き出す。

――バリン！

「……私、今回は何もしていないわ」

「えっと、たぶん、フィオリア様の魔力量に耐え切れなかったんじゃないかな、と……」

「測り直す？」

「い、いえっ！　大丈夫です！　計測不能として記録しておきます！」

「手間をかけるわね。水晶の弁償費はフローレンス家に請求して頂戴。それで、次は何をしたらいいのかしら？」

「じ、実力測定になります。地下の闘技場までお願いいたします」

「ありがとう。それにしても貴女、見所があるわね」

「……えっ？」

「最初の子が倒れた後、すぐに出てきたでしょう？　他の職員は目を逸らしていたのに。……貴女の名前、覚えておくわ。もしもギルドをクビになったら我が家に来なさい。事務方《かた》はいつも足りてないから、好待遇で迎えるわよ」

そんな言葉を残し、悠然と歩み去っていくフィオリア。

「あ、あの、姉御《あねご》っ！」

お供のひとり、ザールが口を開いた。

「そ、そういえば、オレたちへの報酬ってどうなってるんですかね……？　ほら、いちおう、依頼でお供をさせてもらってるわけですし……」

「ザール、生きてるって素晴らしいと思わない？　それだけでとても価値があることでしょう？」

と言いつつ、フィオリアは砕け散った水晶玉を指さした。

まるで、これが三秒後のおまえだ、と言わんばかりの仕草である。

ザールのみならず、他の二人……キジィとヌーイも震え上がってしまった。

「冗談よ。きちんと報酬は払うわ。期待しておきなさい」

クスリとフィオリアは微笑んだ。

続く実技でも彼女は桁外れの結果を叩き出した。

まずは魔法を使わない、物理戦闘能力の試験。

「本気でやっていいのかしら」

「もちろんだ！　じゃないと試験の意味がないからな！」

試験官の一言が、地獄を生むことになる。

まずフィオリアが剣を握っただけで、他の駆け出し冒険者たちがパタパタと意識を失った。

リングに上がって構えた瞬間、試験官は恐怖のあまり腰を抜かす始末。曰く、殺気だけで心臓が止まりそうになった、と。

結局、この試験も「計測不能」となった。

「姉御、ぶっちゃけ試験なんか無意味じゃないですかね」

「あらザール、変なことを言うのね。駆け出しの冒険者は全員、最初に実力試験を受けないといけないのでしょう？　私が貴族だからといって特例を作るべきではないわ」

「いや、貴族とかそういう問題じゃないと思うんですがね……」

「分かってるわ。……でもね、私自身、ちょっと自分の実力を調べておきたかったのよ」

だって二十年前に比べて、なんだか強くなってる気がするんだもの。寝ていたのに。

……誰にも聞こえない声で、フィオリアはひとり呟いた。

さて、次は魔法の実技試験だが、こちらの結果は言うまでもない。

なにせフィオリアは史上四人目となる《神罰の杖《ディヴァイン》》の使い手。

「試験は試験でしょう？　どこで実演すればいいかしら。たぶん街一つ分くらいの範囲が焦土になるけれど」

「お願いします！　やめてください！　ほんとにやめてください！」

「じゃあ、範囲を極小に絞って使いましょう。そうね……申し訳ないけれど、この剣を貸してもらおうかしら」

といってフィオリアは壁に飾ってあった剣を手に取った。

誰も知らない秘密だが、この剣、実は意思を持っている。

ひとたび目覚めれば持ち主の精神を犯し、血も涙もない殺人鬼に変える魔剣なのだ。

（んお……？　なんだ、この女……？）

魔剣はさっそくフィオリアへの精神干渉を始めようとした、が、

「《神罰の杖《ディヴァイン》》」

（ぐわああああああああああああああっ！）

それより先に魔法が発動した。

黄金の破壊光に包まれ、魔剣はこの世から永遠に葬り去られる。

誰も知らない魔剣は、誰にも知られないままその生涯を閉じた。

フィオリアですら自分が消し飛ばしたモノが魔剣と気付いていない。

哀れ。


ともあれ、以上で試験は終了である。

あまりにも実力が低い場合は冒険者登録を断られることもあるが、高すぎる場合の制限はない。

ここにEランク冒険者、フィオリア・ディ・フローレンスが生まれたのだ。こんなEランクがいてたまるか。

いちおうギルドマスターからは「特例で上位ランクを……」という話があったものの、フィオリアは断っている。

テイマーの資格については、すでにモフモフとその家族を従えているという実績がある。

あとは簡単な学科試験を残すのみ。

難なくクリアし、すぐにテイマー資格を取得してみせた。

「疲れたわね」

「姉御以上に、周囲が疲れてると思いますがね」

ザールの言う通りであった。

フィオリアというあまりにも規格外の存在が現れたため、冒険者ギルドは上を下へのてんやわんや。

おまけに医務室も満杯である。

実技試験でフィオリアが放った殺気により、何人もの冒険者が失神したままになっていた。

「ザール、キジィ、ヌーイ。貴方たち三人は気絶しなかったわね。すごいじゃない」

「……」

「……」

「……」

「どうして黙るの？」

「い、いえ、姉御に褒めてもらえるとは思ってなかったんで……あれ、涙が………」

「お、オレも……」

「やっべえ、すっげえ嬉しい……姉御に惚れちまいそうだ………」

ここまでフィオリアのそばでプレッシャーを受け続けてきた反動だろうか、ザールたちはポロポロと男泣きを始めた。

まあ要するにギャップ萌えというか、正常な判断力を失っているだけである。落ち着け三人とも。おまえたちはおかしくなってるぞ。

「三人とも、もっと自信を持ちなさい。貴方たちには見所がある。でなければ、私が直々《じきじき》に供を命じたりはしないわ」

「えっ……？」

「ちょうど目の前にいたから声をかけたんじゃ」

「てっきり、駆け出しの女の子にしつこくしていた罰かと……」

「それもあるけれど、可能性を感じたのは確かよ。……まあ、いまは燻っているようだけどね」

実際、その通りである。

ザール、キジィ、ヌーイの三人は同郷であり、立身出世を夢見て王都へとやってきた。

しかし冒険者を始めて三年、ランクはずっとDで足踏みしており、彼らは熱意を失いつつあった。

最低限のクエストだけをこなし、あとは酒場で飲んだくれる日々。

ギルドで新人冒険者の少女を見かけ、八つ当たり気味に絡んでしまった。

……もしあのときフィオリアが登場しなかったら、自分たちはどうしようもないクズに成り果てていたかもしれない。

三人組のリーダー、ザールは過去に思いを馳せる。

かつて自分たちも新人いびりに遭っていた。それでも必死に耐え抜いた。

他人の足を引っ張ることだけが上手な腐れ冒険者にだけはなるまいと誓ったのに、いまのオレたちは、なんて情けない！

「報酬は家のものに運ばせるわ。装備を新調して、おいしいものを食べなさい。そうしたらきっと、貴方たちは這《は》い上がれる。……これまで迷惑をかけた人がいるなら、ちゃんと謝罪することね」

フィオリアが微笑みかけてくる。

深い慈愛を湛《たた》えた、優しげな表情。

ザールだけでなく、キジィ、ヌーイまでも見惚れていた。

やがて彼らの胸中に、ひとつの感情が生まれた。

頑張ろう。

せっかく幸運《フィオリア》の女神が手を差し伸べてくれたんだ。

オレたちには可能性があると言ってくれたんだ。

……だったら、それに応えるのが男ってもんだろう。なあ？

三人は言葉もなく頷きあった。

その眼には、かつて失ったはずの情熱が蘇りつつあった。

「いい眼ね。とっても輝いてる。いまの貴方たちは素敵だわ」

満足そうに頷くフィオリア。

「私はいつも貴方たちを見守っているわ。挫《くじ》けそうなときは、今日のことを思い出しなさい」

最後にそう言い残して、颯爽と冒険者ギルドを出る。


寸前、ギルド受付嬢のひとりが、悲鳴じみた声で緊急事態を知らせた。

「た、大変です！　近くの山でワイバーンが大量に発生して……！　王国軍だけじゃ手が足りません！　動ける方は討伐《とうばつ》に向かってください！」

「……あら、まあ」

フィオリアは足を止める。

これは見過ごせない。

王都の危機でもあるし、いま、冒険者ギルドは壊滅状態だからだ。

動ける冒険者は（フィオリアのせいで）ほとんどいない。

「自分のしでかしたことの始末は、自分でつけましょうか。……ねえ受付さん、そのクエスト、Eランクでも受注できるのかしら？」

「あっ、は、はいっ！　もちろんです！」

「分かったわ。一時間で片付けてくるから、のんびり待っておいて」

ワイバーンは竜種のなかでは下級に位置するが、数が揃うとかなりの脅威となる。

大量発生時に単身で挑むなど正気の沙汰《さた》ではないが……フィオリアに常識など通用しない。

改めて、ギルドの外へ出ようとする。

「待ってくだせえ、姉御」

「オレたちも行きますぜ」

「ここで戦わなきゃ、なんで冒険者になった、って話だしな」

「……そう」

フィオリアは口元を綻ばせる。

本来なら自分一人で十分だが、彼らの気持ちを無下《むげ》にすることもないだろう。

ああ、そうだ。

折角だから、あの魔法を試してみよう。

「――《黄金の祝福《エヴァンジェ》》」

手を伸ばす。

その指先で、三人それぞれの額に触れた。

触れた部分から高貴な輝きが広がり、彼らを包む。

ゲーム的な言い方をするなら、これは一種の補助魔法である。

対象の身体能力を大きく引き上げ、英雄じみた活躍を可能とする……はずだ。

実際に使うのは初めてなので、それはどの効果を発揮するかは未知数だが。

「では行きましょうか。三人とも、供をなさい」

「「「よろこんでお供させていただきます！」」」


三人は獅子奮迅《ふんじん》の戦いぶりだった。

Dランク程度の実力なら、一匹のワイバーンすら倒せずに命を落とすところ。

しかし彼らは力を合わせ、二十匹近くを退治してみせた。

フィオリアのほうは残りすべて……三百匹近くのワイバーンをあっというまに片付けているが、こちらを比較対象にしてはいけない。

（それにしても）

戦いの後、フィオリアはしばし考え込んだ。

（最近、モンスターの大量発生が増えているみたいね。……大事件の前兆かしら？）

もしかしたら伝説に語られるような魔王が蘇るかもしれない。

その瞬間を想像して、面白そう、と呟いた。

幕間２　お父様のひそかな野望

フィオリアはテイマーの資格を手に入れた。

もはや誰にはばかることなくモフモフ一家を飼うことができる！

わけではなかった。

「百一匹もどうするというのだ。森に帰してきなさい」

グレアム・ディ・フローレンス。

かつて宮廷において『氷の宰相』と呼ばれた男であり、フィオリアの父。

彼は無表情のまま首を横に振った。

「面倒なら私がちゃんと見るわ」

「お前ひとりでモフモフたちの食事を用意できるのか？　……いや待て、そもそもフェンリルは何を食べるのだ」

「肉食ね。この前はワイバーンのステーキをおいしそうに頬張ってたわ」

最近、王都近辺でワイバーンが大量発生したのは記憶に新しい。

しかし蓋《ふた》を開けてみれば被害はゼロ、フィオリアと三人のお供（ザール、キジィ、ヌーイ）によって見事に退治された。ちなみにワイバーンの死骸はすべてフィオリアが回収し、モフモフたちのエサにしている。

「食費なら心配ないわ。私、新しい商売を始めようと思うの。——レクス、あれを持ってきて頂戴」

「承知いたしました。しばしお待ちください」

フィオリアの左斜め後ろに控えていた執事は、ひとまず部屋から姿を消した。

やがて数分すると、ティーカップを手に戻ってくる。

「お父様、まずはこれを飲んでみて？　少し苦いけど、きっとクセになるはずよ」

「ぬううっ、これは……」

それはコーヒーである。

コーヒー豆は最近になって新大陸で発見された。

その存在を知っている者は少なく、飲み物になることすら気付いていないだろう。

だがフィオリアには前世の記憶があった。

世界規模の人気商品になると予想し、すでに新大陸で農場経営を始めていた。

「不思議だ……苦くてたまらんのに、なぜか飲みたくなってしまう」

「それがコーヒーの魅力よ。グランフォード商会を通じて、まずはトリスタン貴族に売り込むわ。そのあとは国外展開ね」

二十年前、フィオリアによって設立された商会。

それがグランフォード商会である。

おもな事業は新大陸や東方との貿易で、当時からすでに莫大な利益を上げていた。

いまやトリスタン王国どころかベルガリア大陸でも一、二を争う規模の商会となっており、いくつかの国では王家御用達の地位まで手に入れている。

「それだけじゃないわ。モフモフたちからは、シーズンごとに毛を刈る許可を得ているの。フェンリル毛皮の衣服や絨毯なんて、まだどこの国にも存在しないでしょう？　うまくやれば、彼らの食費くらいは簡単に稼げるはずよ」

「……さすがだな、フィオリア」

ニヤリ、と口元に笑みを浮かべるグレアム。

本音を言えば、最初からＯＫを出すつもりだった。

なにせ可愛い娘のお願いだ、父親としては断れるわけがない。

だが、すぐにＯＫを出してしまえば、そこで会話が終わってしまう。

グレアムは娘にかまってほしくて、ついついＮＯと答えたのだ。

素直になれない六十四歳。

不愛想で不器用なツンデレアラ《around》シク《sixty》元宰相。

属性の過重積載である。

「どう、お父様？　モフモフたちのこと、許可してもらえるかしら？」

「いいだろう。……ただし、ひとつだけ条件がある」

いつになく険しい表情でグレアムは言う。

「モフモフを、もふらせてほしい」

＊　＊

グレアムには密かな願望があった。

動物をもふりたい。

もふもふなでなでしたい。

その毛皮に顔を埋《うず》めながらゴロゴロすれば、きっと至福の時間が訪れるだろう。

だが、生まれてから今日までのあいだ、一度としてそれが達成されたことはない。

「私は動物たちと仲良くなりたいのだがな……向こうが、逃げてしまうのだ」

「お父様、無駄に威圧感があるものね」

「それはお前も同じはずだ、フィオリア」

だが彼女の場合、なぜかやたらと動物に慕われている。

グレアムにはそれが不思議でならなかった。

「相手がこちらを恐れるなら、徹底的に上下関係を刻み付ければいいのよ。そのあとに優しくすれば、コロッと言うことを聞くようになるわ」

要するにアメとムチ。

ただしフィオリアの場合、ムチの時点で動物のほうがショック死しかねないのが難点である。

「では、モフモフを呼ぶとしましょう。あの子の毛はとても気持ちいいし、心を強く持つべきよ」

「どういうことだ？」

「強烈な催眠性があるの。……まあ、実際に体験したほうが早いかしら」

パンパン、と手を打ち鳴らすフィオリア。

それは愛犬を呼ぶ合図である。

フィオリアとグレアムは別邸の中庭に立っていたが、数秒もしないうちに二つの影が眼前に降り立った。

「何か用事か、ご主人」

「今日もお美しいですわね、フィオリア様」

双方ともにかなりの威容《いよう》を誇る魔狼《まろう》である。

毛が白いほうは、モフモフ。

フィオリアの忠犬であり、二十年の時を経て新種の魔物へと進化を遂げた。

最近、王立アカデミーの魔物研究部門からは『フェンリル・アルビノ』という種族名を与えられている。

毛が黒い方は、レムリス。

いわゆるフェンリル種の魔物だ。

モフモフの妻でもある。

「モフモフ、お父様の願いを叶えてくれないかしら」

「いいだろう。御父上はたしか宮廷の元宰相だったな。かつての政敵を八つ裂きにすればいいのか？　あるいは、そやつの領地を地図から消すのか？　どちらであろうと成し遂げてみせよう」

「違うわ。とりあえず、そこでじっとしてなさい。何があっても動かないように。いいわね」

「あ、ああ。わ、かった……？」

首を傾げるモフモフ。

レムリスのほうは事情を察したのか、パチリとフィオリアにウインクを飛ばした。

狼のわりにやたら色っぽい仕草である。

「ではお父様、どうぞ」

「う、うむ」

コホンと咳払いするグレアム。

なぜか服装を確かめ、コートとズボンの裾をピンと伸ばし直す。

その目つきが、にわかに鋭くなった。

グレアムの纏う空気が、重たく、冷たさを増してゆく。

本人としては念願のもふもふタイムを前に昂揚《こうよう》しているだけだが、第三者からすると、魔物に戦いを挑んでいるようにしか見えない。

「……！」

「……！」

グレアムとモフモフの視線がぶつかった。

両者のあいだで緊張が高まっていく。

先に動いたのは、グレアムだった。

おずおずと手を伸ばして、モフモフの背中に触れた。

ふわ、ふわ。

「お、おおお……」

驚愕の表情を浮かべるグレアム。

「う、お、おおおおおおおおおおおおおおおおおおおおおおおおおおおおっ！」

もふもふ。

「なんという触り心地！　なんという温かさ！　これが天国というものか……！」

もふもふもふもふ。

「素晴らしい、素晴らしい。ああ、フローラ、私を迎えに来たのだな……！」

「落ち着いてください、父上」

あまりの気持ちよさに昇天しかけたグレアムの頭を、がしっ、と鷲掴《わしづか》みにするフィオリア。

「フローレンス家の名に泥を塗るつもりですか。『死因：もふもふ』などと記録に残れば、後世までの笑いものになるでしょう。それくらいなら、いまここで私が介錯《かいしゃく》いたしますが」

「す、すまん。……だがこれはいい。とてもいい。ふふ、ははははっ、ふはははははははははははははっ！」

まるでアニメかゲームの悪役のような高笑いをあげるグレアム。

どうやらかなり興奮しているようだ。

「……ご主人、何がどうなっているんだ」

困ったように眉を寄せるモフモフ。

「御父上はもう少し、こう、クールな人間だと思っていたが」

「許してあげて。一生の願いが叶ったんだから」

フィオリアは、いままでにないほど優しく、生暖かい目つきで父親のことを眺めていた。

「ふう、堪能したぞ……」

すっかり満足げな表情でモフモフから離れるグレアム。

「ありがとうモフモフ、私は幸福だよ」

「……御父上に喜んでもらえたなら何よりだ」

「もしよければ、もう一匹のほう――レムリスも触らせてほしいのだが……」

「それは断らせてもらおう」

普段よりもやや低く、唸るような声で答えるモフモフ。

さらにはレムリスを庇うように、グレアムの前に立ちはだかった。

「レムリスに触れていい雄《おす》は、世界でただ一匹、この俺だけだ」

「……ふむ」

頷くグレアム。

「これは申し訳ないことを言ってしまった。確かにそうだ。私も、他の男がフローラの髪に触れようとすれば、お前と同じことをするだろう。許してほしい」

「謝罪を受け入れよう。こちらこそ、無礼な態度を取ってしまった。申し訳ない」

「いやいや、私こそ」

「いや、俺こそ」

なぜかそのまま謝罪合戦に発展するモフモフとグレアム。

と、そこに、

「クゥン！　クゥン！」

九十九匹兄弟の末っ子、見た目はかなり仔犬に近いポフポフが駆け寄ってきた。

ポフポフは、くいくい、とグレアムのズボンを咥《くわ》えて引っ張る。

まるで「遊んで！　遊んで！」とでも言いたげに。

「なんだと……！」

グレアムは衝撃を受ける。

なぜなら彼の生涯において、自発的に動物が寄ってきたのは初めてのことだったからだ。

「御父上、ポフポフは貴方に懐いているようだ。かまってやってほしい」

穏やかな声で告げるモフモフ。

「わ、わかった……！」

宰相として働いていた時も、ここまで緊張した面持ちになったことはないだろう。

グレアムは慎重な手つきでポフポフを抱え上げた。

「ワン！　ワン！　クゥーン！」

「ふっ、ははっ！　こら、くすぐったいぞ！　ははははっ！」

ポフポフに頬を舐められながら、童心に返ったような表情を浮かべるグレアム。

そのあまりの無邪気さに、フィオリアはクスリと微笑まずにいられなかった。

第三章　二十年越しの決着

戦勝記念のセレモニーは予定通り開催された。

日中のパレード。

そこには王都の民だけでなく、王国中から人々が押し寄せた。

「フィオリア様だ！　フィオリア様が来たぞ！」

「私は二十年前、あなたに助けられた者です！　あの時はありがとうございました！」

「オレもです！　昔はご迷惑をおかけしました！　いまは更生して、グランフォード商会で働かせてもらってます！」

パレードに詰め掛けた人々の中には、かつてフィオリアが手を差し伸べた者も多く混じっており、彼女の人望の厚さというものを如実に表していた。


「私ひとりのためにすごい騒ぎだこと」

豪奢《ごうしゃ》に飾り付けられた馬車のなか、フィオリアは「ありがたい話だわ」と呟くと、右手でくるくると黄金色の髪を弄んだ。

彼女にしてはめずらしく、少しばかり照れている。

……だって、私は二十年前の人間なのよ？

とっくに忘れ去られたと思っていたのに。

嬉しいわ。

こちらこそ、ありがとう。

貴方たちが元気そうにしていることが、私にとって、なによりの喜びよ。


フィオリアは微笑みを浮かべながら、座席に深々と背を預け、足を組み、頬杖をつく。

彼女はあくまで公爵令嬢にすぎないのだが、まるで全世界の支配者のような風格を漂わせていた。

それを咎める者は誰もいない。

なぜなら、恐ろしいほどに似合っていたからだ。

フィオリアを目にしたものは、みな、彼女の女王然とした姿に魅了された。

「噂通りだ……見ろよ、二十年前と全然変わってねえぜ」

「オレたちなんてオッサンになっちまったのにな」

「盛られた毒だって、東方の、解毒剤も存在しないやつなんだろ？　よく回復したよな……」

以前のフィオリアを知る者たちはみな、十七歳当時のまま変わらない彼女の姿に驚かされ、口々に「奇跡だ」「奇跡だ」と囁き合う。

「ありがたやありがたや……」

「わざわざ田舎から出てきた甲斐があったわい」

「あれが《黄金の女神》様か……お美しい……」

かつてフィオリアが成し遂げた様々な偉業は、吟遊詩人たちの口を借り、あるいはレオノーラの小説という形でトリスタン王国の隅々まで広まっていた。

その影響もあり、フィオリアを一目見ようとして王国中の人々がセレモニーに集まったのだ。

ちなみにフィオリアの綽名といえば《暴風の女帝》だが、それとは別に《黄金の女神》というのも存在する。こちらは王都や宮廷だとあまり広まっていないが、地方に下るにつれて《暴風の女帝》よりも《黄金の女神》のほうがメジャーになってくる。彼女の逸話が伝言ゲーム式に誇張されていったことも関係しているかもしれない。


この日、フィオリアが選んだドレスは純白。

東方の伝承に云われる「天女」を意識したデザインとなっており、人々の目には新鮮に映った。

否。

新鮮という言葉では、なまぬるい。

そのドレスは浮世離れした美しさをフィオリアに添え、彼女をさながら神話伝承の存在のごとくに飾り立てた。


――《黄金の女神》。

戦勝記念のパレードを境とし、その綽名は王都においても爆発的な広まりを見せ始めるのだった。


パレードの馬車はそのまま王宮の敷地内へと入った。

フィオリアは着替えのあと、謁見の間へ向かうことになる。

戦勝記念セレモニーのクライマックス。

国王からの感状と勲章の授与である。

こちらはトリスタン王国の貴族のみが参列を許されている。

謁見の間の左右にはずらりと貴族らが並び、奥の玉座には赤色の礼服を纏った国王ヴィンセント。

中央の赤絨毯を、フィオリアは堂々と胸を張って歩いてゆく。

今度は、瞳と同じ翡翠色のドレスに着替えている。式典用の豪奢なもので、袖口やスカートのすそには、ふんだんにフリルがあしらわれている。

いつもはストレートにおろしている髪を、ここではハーフアップにまとめていた。それはフィオリアの美しさに、普段以上の高貴さと上品さを添えていた。

フィオリアは玉座のすこし手前で立ち止まると、スカートの裾を持ち上げて一礼した。

その間、誰も言葉を発することができなかった。

彼女の姿に見惚れ、我を忘れていたのだ。

「ふ、ふ、フローレンス公爵家令嬢、フィオリア！」

長身の青年式典官が、慌ててフィオリアの名前を呼ぶ。

彼もまた、フィオリアの美しさに呑まれていたのだ。

緊張のためか、声は上擦り、顔も赤々と染まっている。

「貴女の活躍を讃《たた》え、国王より感状ならびに勲章が授与される。ありがたく拝受せよ！」

「――――喜んで」

フィオリアが顔を上げると、ちょうど、ヴィンセントと目が合った。

改まった場で会うのはこれが初めてだった。

なんだか愉快な気持ちになって、フィオリアはクスリと小さく口元を綻ばす。

ヴィンセントも同じように思っていたのか、わずかに表情を崩した。

そうして二人で密かに笑いあった。

＊　＊

夜は、王宮で舞踏会が催された。

会場にはすでに多くのトリスタン貴族が集まっていた。

戦勝によって国土が回復されたことも喜ばしいが、貴族たちの関心は別のところにある。

――フィオリア・ディ・フローレンス。

トリスタン王国の筆頭貴族……フローレンス公爵家の娘にして《暴風の女帝》の異名を持つ令嬢。

たったひとりでイソルテ王国を滅亡に追い込み、最近ではカノッサ公爵の不正を暴いた女傑《じょけつ》。

二十年前に遡れば、第一王子の婚約者にして王妃候補。

現国王のヴィンセントとも親しく、また、貿易商をはじめとした新興の実業家たちとも繋がりが深く、東方にも彼女の名は知られている。

まさにこの時代を代表するひとりであり、フィオリアの持つ影響力はトリスタン王国のみならずベルガリア大陸随一とも噂される。

今夜の舞踏会は、そんなフィオリアと知り合いになる絶好のチャンスであり、多くの貴族はいつになく緊張した面持ちで彼女の登場を待ちわびていた。


――そしてその時が訪れると、会場はシンと静まり返った。


貴族も、貴婦人も、給仕の使用人らも……その場の全員が言葉を失った。

人々の視線はただ一点に集中している。

会場の入口。

国王ヴィンセントにエスコートされて、今夜の主役が姿を現した。

何百人もの視線をその身に受けながら、しかし、彼女は怯んだりしない。

翡翠色の大きな目をぱっちりと開け、むしろ己を見せつけるように胸を張る。

フローレンス公爵家令嬢、フィオリア。

今夜のために誂《あつら》えた深紅色のドレスが、黄金色の髪をいっそう明るく引き立てる。

その輝きは、さながら太陽を宿したかのように神々しい。

「……美しい」

誰かがしみじみと呟いた
「まるで、女神のようだ」

――《黄金の女神》。

その異名に違《たが》わぬ姿に、紳士淑女らは感嘆のため息を漏らした。


「ひどい連中だ。国王の登場だというのに、君しか見ていない」

「ヴィンセント、もしかして悔しがっているの？」

「いいや、むしろ誇らしいさ。こうやって君をエスコートして舞踏会に出るのは、幼い頃からの夢だったからな」

フィオリアとヴィンセントはヒソヒソと言葉を交わし合い、会場へと足を踏み入れた。

参加者たちはみな、時間が止まったかのように固まっている。

誰も彼もが、フィオリアの姿に見惚れているのだ。

「主役の登場なのだから、もうすこし盛り上がってほしいところね」

「無茶を言わないでやれ。君が美しすぎるんだ。……とはいえ、このままでは退屈だな」

ヴィンセントは右手を軽く上げ、会場の奥に控えている楽団に合図した。

楽団の指揮者は慌てて我に返り、指揮棒を振り始める。

「俺と踊ってくれないか、フィオリア」

「ええ、喜んで」

フィオリアはヴィンセントに手を引かれ、ダンスフロアに向かう。


穏やかな音楽を背景に、くるくると舞い踊る。

華麗だった。

流麗だった。

会場の人間すべてが、フィオリアとヴィンセントに魅了されていた。

言葉を発することもできないまま、見惚れている。

——この夜の舞踏会は、すべて、二人のためだけにあった。

＊　＊

フィオリアがダンスを終えると、ようやく会場の時間がまともに流れ始めた。

パーティーは和やかに進み、やがて中締《なかじ》めの時間が訪れる。

「フィオリア様、よろしいですか？」

給仕のひとりが話しかけてくる。

王宮に仕えているだけあって、物腰も丁寧だ。

「なにかしら？」

「お手紙を預かっております。ご覧になりますか？」

「あら、ラブレターかしら？」

軽口を飛ばしつつ、フィオリアは手紙を受け取る。

封を開けて、中を読む。

……しばらくして、かたちのよい眉がひそめられた。

「……笑えない冗談だこと」


手紙には、宮殿の裏庭に来てほしい、と書いてあった。

それだけなら、まだ、ありふれた話だろう。

気に入った相手を手紙で呼び出し、ゆっくりと口説く……というのは、舞踏会に限らず、パーティーのあとにしばしば見られる光景だ。

問題は、その差出人。

オズワルド・ディ・トリスタン。

時計塔に幽閉されているはずの、元婚約者だった。

会場の裏庭に出てみれば、浅黒い肌の男がニヤニヤと笑いながら待っていた。

正装とはかけ離れた、やけにラフな恰好である。

ジャケットは羽織っておらず、白いシャツは三つほどボタンが外され、細い鎖骨《さこつ》と胸元が覗く。

「よお、久しぶりだな。フィオリア」

「随分とみすぼらしい恰好になったのね、オズワルド」

「おいおい、婚約者に向かってその物言いはないだろ」

「元婚約者でしょう。そもそも貴方、時計塔に幽閉されていたんじゃないの？」

「抜け出してきたんだよ、君に会うためにな」

オズワルドはやけに気障《きざ》な様子で歩み寄ってくると、フィオリアの手を取った。

いや、取ろうとしたものの……取れなかった。

「気安く触らないでもらえる？」

フィオリアはオズワルドの手をパッと素早く掴むと、合気道めいた円を描くような動きでグルリとねじりあげた。

「ぐ、あああああああああああああああああああっ！」

オズワルドは悲鳴を上げる。

「や、やめろぉ！　やめてくれ！　痛いっ、痛いんだ、ぎぃやあああああああっ！」

全身をくねらせてフィオリアから逃れようとするものの、ジタバタすればするほど、むしろ拘束《こうそく》は強まり、痛みも増すばかり。完全な悪循環となっていた。

「は、離せっ！　離してくれよ頼むフィオリア痛い痛い痛い！」

「離すわけがないでしょう。貴方がなにを考えているかは知らないけれど、私の前にノコノコと現れたのが間違いだったわね。大人しく時計塔に帰りなさい」

「ま、ま、待て！　そ、それが婚約者に対する態度か！」

「元婚約者でしょう？　二十年年前、アンネローゼに誑《たぶら》かされて婚約破棄を宣言したのはどこの誰だったかしら？」

「ぐっ……」

言葉に詰まるオズワルド。

そのこめかみを、ひとすじの脂汗《あぶらあせ》が流れ落ちる。

「あ、アンネローゼのことは、その、気の迷いというか……オレだって反省してるんだ。許してくれよ、な？」

「嫌よ」

「なんでだよ。オレはこの二十年、ずっと反省してたんだ。この目を見てくれ。別人のように生まれ変わったのが分かるだろ」

「生まれ変わったついでに自分の罪も忘れたようね。ひとを殺そうとしておいて、簡単に許してもらえると思ったの？」

「も、もちろんそれだって悪いと思ってる！　これから一生かけて償《つぐな》う！　だからさ、もう一度、オレとやりなおしてくれないか。おまえの力があればヴィンセントをぶち殺して国王に……いや、なんでもない。うん、なんでもない。オレはフィオリアが好きなんだ。小さいころからずっと好きだった。初恋の相手だ。愛してる。いまさら昔のことをグチグチ言うんじゃない、若い頃の過ちなんて水に流せよ」

「……はぁ」

フィオリアとしてはもはや言葉もなく、ため息ばかりがこぼれてくる。

昔のことをグチグチ言うな？　いったい何様のつもりなのかしら。

若い頃の過ちなんて水に流せ？　それは許す側のセリフであって、許しを請う側が口にしていいものではないでしょう。

オズワルド、貴方って本当に――

「――本当に、愚かだこと」

フィオリアは蔑みの視線をオズワルドに向けると、掴んでいた腕を解放する。

いままでになく心が醒めきっていた。

好き？　愛してる？　初恋の相手？

どの口でそれを言う。

どれも言葉が軽すぎる。

「ほんとうに、なにひとつ、あなたはヴィンセントに及ばない男なのね」

どうしてここでヴィンセントの名前が出たのか、フィオリア自身にもよく分からない。

ただ、オズワルドという人間の価値は、フィオリアの中でマイナスの極点を振り切ってしまったのは確かだった。

「く、く、くそっ！」

拘束を解かれたオズワルドは、その場に膝をついたまま、荒い息を繰り返していた。

フィオリアに掴まれた手首が痛むのか、ずっとそこを押さえている。

「オレがわざわざ脱獄して会いに来てやったのに、なんだこの扱いは！　おまえは努力する人間が好きなんだろう⁉　オレは頑張ってるじゃないか！　認めろよ！　褒めろよ！　ヴィンセントを倒すのに手を貸せよ！　ああ畜生！　これだから女は嫌いなんだ！　アンネローゼも！　おまえも！　どうしてオレの思い通りにならねえんだよ！　くそっ、こうなったら何もかも吹き飛ばして――」

「黙りなさい。……ああ、別に喋っていても構わないわ。私が貴方を永遠に黙らせるから」

冷たい声で死刑宣告を告げるフィオリア。

「他人が思い通りにならない？　当然でしょう。私もアンネローゼも、みな、意思を持っているのだから。現実は人形遊びじゃないわ。……この二十年間は、貴方にとって何の反省にも繋がっていなかったのね」

フィオリアは手を伸ばして、オズワルドの頭を掴んだ。

みしり、と骨が音を立てた。

「うわあああああああああっ！　く、く、くそっ！　お、覚えてろ、覚えてろよ！」

オズワルドは怯え切った表情で叫ぶと、懐から何かを取り出した。

黒色の鉱石だ。

何やら術式が組み込まれているらしく、不気味な振動を繰り返している。

「おおおおおおおらあああああああああっ！」

オズワルドが鉱石を地面に叩きつけると、たちまち、黒色の光がはじけた。


「――――ッ⁉」

フィオリアは即座に術式を読み解いていた。

それは最高位の闇魔法。

発動させると石の持ち主を別の場所に転移させると同時、周辺一帯に毒の霧をばらまく。

まだ舞踏会が終わったばかりで、王宮にはたくさんの貴族が残っている。

毒霧が広がれば、その被害は計り知れない。

「――《浄化の祝福《グロリアス》》！」

だが、ここにはフィオリア・ディ・フローレンスがいる。

清浄な輝きが手から溢れ、闇色の毒霧をサラサラと分解していく。

数秒も経たないうちに、霧は完全に晴れていた。

だが同時に、オズワルドの姿も消えている。

どこかに転移したのだろう。

「まあ、いいわ」

フィオリアは黄金色の髪をかきあげながら、凛然と宣言する。

「私から逃げられると思わないことね、オズワルド」

＊　＊

時を同じくして、もうひとつ、事件が起こっていた。

騎士団予算の着服で投獄されていたはずの、カノッサ家の男たち。

当主コンラート、長男ブルーノ、次男ハインリヒ。

三人は何者かの手引きによって脱獄すると、オズワルドと合流。

彼を旗頭《はたがしら》として兵を挙げたのである。


数日後。

フィオリアはヴィンセントからの呼び出しを受け、王宮へと向かった。

指定された場所は、またも、あの果樹園。

人払いはなされていた。

吹き抜ける風は爽やかだが、ほのかに雨の気配を孕《はら》んでいた。

「オズワルドの討伐は、俺がじきじきに行う」

ヴィンセントの口調は、やけに事務的で淡々としたものだった。

だがそれは反乱に対して無関心だったり、鎮圧を面倒くさがっているわけではないだろう。


――嵐の前の静けさ、かしら。


フィオリアはそのような印象を受けた。

ヴィンセントは、来《きた》るべき決戦に備えて心の奥底にエネルギーを溜め込んでいるのかもしれない。

青色の瞳はまるで宝石のような光を湛えており……しかし、宝石のように冷たい。

決意に満ちた眼光は、かつてよりもずっと鋭い印象を漂わせていた。

「随分とやる気みたいね、ヴィンセント」

「そうか……？　ああ、そうだろうな」

ヴィンセントは、ふっ、と悟ったような顔つきで微笑む。

「たぶん俺は喜んでいるんだ。オズワルドが反乱を起こしてくれたおかげで、ヤツと決着をつけることができるからな」


第一王子オズワルド。

第二王子ヴィンセント。

二人は本来なら、次の玉座を賭けて激しく争うはずだった。

しかしオズワルドはフィオリア毒殺未遂事件の首謀者として継承権を剥奪されてしまい、王位争奪戦はヴィンセントの不戦勝に終わってしまう。

――自分は実力によって王位を勝ち取ったのではなく、おこぼれを手にしただけだ。

ヴィンセントの中にはそんな負い目が生まれ、いまも未消化のままで残っている。

だからこそ、今回の反乱はオズワルドと雌雄《しゆう》を決するまたとないチャンスであり、ヴィンセントの心は沸き立っているのだろう。

「フローレンス公爵家にも参戦を命じる。いいな」

ヴィンセントは厳《おごそ》かに告げる。

身に纏う威圧感はもはや凄絶《せいぜつ》とも言える域に達しており、かつて彼を侮っていた貴族すら平伏《へいふく》せずにいられないほどだった。

例外といえば、せいぜい、一人くらいか。

フィオリア・ディ・フローレンス。

威風堂々たるヴィンセントの姿にもまったく臆《おく》することなく、堂々と胸を張っている。

黄金色の髪を、悠然とかきあげる。

ただそれだけで、あたりに光の粒子が溢れた。

「承知したわ、フローレンス公爵家からは総勢一名、必ず馳せ参じましょう」

総勢一名。

もしも他の貴族がそう答えたなら、不忠《ふちゅう》・不敬を疑われるところだろう。

しかしここに立つのはフィオリア・ディ・フローレンス。

一人で幾千幾万の軍に匹敵する、空前絶後の公爵令嬢である。
＊　＊

数日後、国王ヴィンセントは元第一王子オズワルドの討伐を宣言。

王国軍一万を率いて出陣した。

他方、オズワルドはカノッサ公爵の私兵八千とともに王都へ迫りつつあった。

「八千人もよく集めたものね。賞賛に値するわ」

旗印のオズワルドからして、二十年前の毒殺未遂事件の首謀者であり、女スパイのアンネローゼに誑かされた者の筆頭である。人望など皆無に等しい。

カノッサ公爵もカノッサ公爵で、反乱を起こしたのは極めて私的な理由である。

このまま裁判に掛けられれば死刑になる。それが嫌だから、ヤケになって挙兵しただけのこと。

つまるところ、オズワルドの反乱軍に大義はなく、勝算もきわめて低い。

そんなものに手を貸す者がいるとは思えないが、現に、八千もの軍勢を集めている。

「カノッサ公爵家って、お金だけは有り余ってるからねえ」

隣で、第四騎士団団長のカティヤが肩を竦める。

すでに王国軍は布陣を完了していた。

カノッサ公爵領との境にある、グレゴリ砦。

ここを拠点として、カノッサ公爵軍――反乱軍を迎撃する構えだった。

「あっちこっちから命知らずの傭兵を掻き集めたみたいだよ。それにほら、カノッサ公爵領って土属性の魔法使いが多いしね。たぶん、泥人形やらゴーレムやらで水増ししてるんじゃないかね」

「人間以外の戦力が混じっている、というわけね。……そういう意味ではこちらも同じね」

フィオリアはいま、モフモフの背に腰掛けている。

その身体はしなやかで、まるで極上のソファのよう。

さらさらの体毛がくすぐったくも気持ちいい。

「モフモフ、子供たちの参戦を許可するわ。第四騎士団と協力して事にあたりなさい」

「承知した。我がロムルス家の実力をお目にかけよう」

モフモフ・ロムルス。

それがモフモフのフルネームである。

ロムルスというのは、魔族の古語で〝最も勇ましき狼の王〟という意味合いなのだとか。

レムリスと番《つがい》になった際、他のフェンリルたちからロムルスの姓を贈られたという。

モフモフが遠吠えを放つ。

ほどなくして別の遠吠えが返ってきた。

彼の家族が集まってくる。

妻のレムリスと、九十九匹の仔フェンリル――。

ところで第四騎士団は女性ばかりである。

男たちに舐められぬよう肩肘を張っているものの、実は可愛いものが大好き。

日々の激務で心はすさみ、いつも癒しを求めている。

そんな彼女らにとって、ふわふわもこもこの仔フェンリルたちはクリティカルヒットだった。

撫でたり抱きしめたりすりすりしたり、中には自分の食事を分け与える者さえいた。

「……やけに馴染《なじ》んでるわね」

さすがにフィオリアもこの現状には驚いた。

幼いといえどフェンリル、街一つくらいは余裕で滅ぼせる存在なのだ。

女騎士たちはもっと及び腰の態度になると予想していたのだが……むしろ逆だった。

グイグイ行ってる。

行軍の疲れなど忘れたかのようにはしゃぐ女騎士たち。

仔フェンリルたちも、遊んでもらえて楽しそうだ。

「パウ！　パウ！」

ちなみに九十九匹兄弟の末っ子、ポフポフはフィオリアの足元にじゃれついている。

しゃがみこんで頭を撫でてあげると、嬉しそうに擦り寄ってきた。どうやらすっかり懐かれてしまったらしい。

やがて、オズワルドの軍勢がゆっくりと姿を現した。

「私に待ちぼうけを食わせるなんて、相変わらずの落第点ね、オズワルド」

このときフィオリアの手には、グランフォード商会製の双眼鏡が握られていた。

双眼鏡を覗き込み、オズワルド軍の顔ぶれを観察していた。

「へえ、数だけじゃなくて質も揃えてきたのね」

歴戦の古強者《ふるつわもの》と思われる傭兵たち。

怪しげな魔術師と、その背後に付き従う骸骨《がいこつ》の兵士。

成人男性の二倍はあろうかという泥人形の一団。

さらには、砦よりも大きなストーンゴーレムまでもが何百体と揃っている。

旗印であるオズワルドは最後尾の馬車に鎮座する一方、最前線にはカノッサ公爵家の男たちが三人揃って顔を並べていた。

「フィオリア！　……この前のように勝てるとは思わんことだな！」

カノッサ公爵は自信満々といった様子で大声をあげる。

牢獄の中はどれだけ厳しい生活だったのだろうか、贅肉《ぜいにく》という贅肉は削《そ》げ落ち、精悍な顔立ちの男性へと変貌を遂げていた。

「へへっ、女ごときが調子に乗るなよ。どうあがいたって男に勝てねえことを教えてやるぜ」

コンラートの隣では、次男ハインリヒが下卑《げび》た視線をフィオリアに投げかけている。

「オズワルド様から下賜《かし》された秘宝があれば、《暴風の女帝》など恐れるに足りません」

長男ブルーノは、両腕に大きなものを抱えていた。

それは四角形で、赤い布によって十重《とえ》二十重《はたえ》に封印されている。

「……あら？」

フィオリアは双眼鏡から目を外すと、翡翠色の瞳をすこしばかり細めた。

ブルーノの抱え持つ物体に、なにやら禍々しいものを感じたのだ。

瞬間──

ゆるやかに吹いていた風が、止まった。

ブルーノは、布ごと四角い物体を掲げて、叫ぶ。

「《黒聖杯》の欠片《かけら》よ、我が願いを叶えたまえ。──《魔竜の召喚》」


《黒聖杯》。

神話に曰く、それは邪神が齎《もたら》した呪いのひとつである。

その持ち主は魔竜を従え、思いのままに操れるという。

とはいえ神話はあくまで神話。

《黒聖杯》の実在は疑わしく、創作に過ぎないと考えられていた。

ならば、ブルーノが持っていたのは何か？

秘宝とは名ばかりのガラクタなのだろうか？

真偽のほどは分からないが、恐るべき事態が起こった。

大地が鳴動した。

そして。

虚空に灰色の魔法陣が浮かび、眩いばかりの光が広がった。

「ーーーーーーーーーーーー！」

人間の可聴域をはるかに外れた、超音波めいた咆哮。

たったそれだけのことで、王国軍、カノッサ公爵軍、どちらも相当数の兵士が意識を失った。

戦場の一角を、黒い霧が覆っていた。

霧はやがて凝縮し、輪郭と質量を帯びる。

それは、竜だった。

天を覆うほど巨大な翼を持った、漆黒の魔竜だった。

「～～～～～～……！」

唸り声だけで大気は激しく震え、翼が翻るたびに烈風が巻き起こる。

亀裂のような瞳は紅で、さながらマグマのような戦意を滾らせている。

「ーーーーーーーーーーーー！」

魔竜は、周囲の有象無象など歯牙にもかけていなかった。

敵意を向けるのは、ただ一人だけーー。

252

「この私をご指名かしら？」

フィオリア・ディ・フローレンス。

魔竜の出現とともに空は黒雲に覆われ、あたりは夜のように暗く閉ざされていたが、そんな中でも、彼女の黄金色の髪はまばゆい光を放っていた。

その輝きを憎むかのように、魔竜はフィオリアを睨みつける。

「熱い視線だこと」

魔竜の殺気にあてられて兵士らがバタバタと気を失う中、フィオリアは平然とした態度を保っていた。どこ吹く風の他人事。その横顔はいっそ清々《すがすが》しいほどに涼やかである。

「指名してくれるのは光栄だけど、指名料、貴方の命で払ってもらうわよ」

フィリアは《天駆の光翼《オラクル》》を発動させ、魔竜と同じ高度まで羽搏いた。

光と闇。

対極に位置する二つが、いま、天空で対峙する。

「クククククククッ、ハハハハハハハハハハハハハハハハッ！」

カノッサ公爵は、背を反り返らせて哄笑《こうしょう》をあげた。

すでに勝利を確信したかのような表情である。

「フィオリア！　いくら貴様といえど、魔竜には勝てるまい！　だがまあ、見た目だけはいいからなぁ。もし降伏するというのなら、同級生の誼《よしみ》だ、愛人くらいにはしてやるぞ？」

「お断りよ。私が欲しいなら、きっちり捻じ伏せてからにしてちょうだい」

短くそう言い捨てて、右手を高く掲げる。

「敵が何者であろうと、私のやることは変わらないわ。——《神罰の杖《ディヴァイン》》！」

天が割れ、黄金の破壊光が落ちる。

神威《しんい》の鉄槌《てっつい》が、闇の魔竜に直撃する。

この一撃で葬り去れない敵はいなかった。

ジャイアントスライムであろうと、ワイバーンであろうと、何であろうと。

「——————…………？」

しかし、魔竜は健在だった。

漆黒の総身《そうみ》には傷ひとつなく、「この程度か？」と言いたげにフィオリアを見下ろしている。

「耐えた！　耐えたぞ！　見ろ、皆のもの！　あのフィオリアの魔法に、魔竜が打ち勝ったぞ！」

歓喜を顔に浮かべ、声を張り上げるカノッサ公爵。

それに呼応するように、彼の兵士たちが気勢をあげた。


一方、王国軍には動揺が走っていた。

彼らは心のどこかで油断していた。

フィオリアがいれば負けるはずはない、と。

だがその前提は、いま、覆されつつあった。

「フィオリア姉様……」

女騎士のリズは、不安げな表情で空を見上げた。

「パウ！　ワウ！」

そんな彼女の足元で、仔フェンリルのポフポフが力強い鳴き声をあげる。

まるで「フィオリアを信じろ」と呼びかけるように。

「うん、そうだよね。あの人は負けない。……もし負けたとしても、私たちが頑張ればいい」

深呼吸。

それから改めて、剣を握り直した。


「――――――――――――――――――！」


魔竜は天高く翼を広げると、雄叫びを上げ、あたりの大気を激しく震わせた。

その姿はまるで「今度はこちらの番だ」と宣言するかのようだった。

「いいわ、受けて立ちましょう」

フィオリアは余裕たっぷりに黄金色の髪をかきあげると、堂々と胸を張り、魔竜の睨みつけるような鋭い視線を真正面から受け止めた。

「殴れば殴り返されるのが道理よね。私は《神罰の杖《ディヴァイン》》を貴方にぶつけた。貴方はどんな風に私を楽しませてくれるのかしら」

魔竜が咆哮とともにその顎門《あぎと》を大きく開く。

まるで激流のように、闇色のブレスが放たれた。

雪崩のように落ちてくる漆黒の奔流。

フィオリアはその中に飲み込まれた。

意識を失っていない者は、敵味方問わず、眼前のできごとに釘付けとなった。

魔竜のブレスは、最上位の闇魔法と同等のものだった。

——《邪神の審判《イレイザー》》。

《神罰の杖《ディヴァイン》》に匹敵する、終焉《しゅうえん》にして必滅の一撃。

ありとあらゆるものを崩壊させる無慈悲の鉄槌である。

この力の前には、いくらフィオリアと言えど無事ではいられないだろう。

誰もがそう考えた。


「————いいえ、まだよ」


ありえないことが、起こっていた。

フィオリアは健在だった。

傷ひとつなく、悠々と空に浮かんでいる。

「たかだか竜ごときで勝てるとは思わないことね。私を殺したいのなら、神様でも連れてきなさい」

絶対的な自尊と自負のもと、迷いもなく宣言するフィオリア。

さっきは《神罰の杖《ディヴァイン》》に耐えたみたいだけど、二度目、三度目はどうかしら？

私の魔力が尽きるのが先か、魔竜が消滅するのが先か。

ふふ。

面白そうね？

「遊びの時間は終わりよ。ここからは本気を出すわ。……せいぜい華麗に踊ってもらおうかしら」

フィオリアは、ふ、と花が綻ぶような笑みを浮かべる。

天空に、孔《あな》が穿《うが》たれた。

ひとつではない。

ふたつ、みっつ、よっつ――数えきれないほど。

「ば、馬鹿なっ！」

口から泡を飛ばして、カノッサ公爵が叫ぶ。

恐怖、驚愕、そして狼狽《ろうばい》。

三種の感情がないまぜになった表情を浮かべていた。

「《神罰の杖《ディヴァイン》》だと！　あれは日に一度しか使えんはずだ！」

「たしかに、以前の使い手たちはそうだったみたいね」

肩を竦めて答えるフィオリア。

「私は違うわ」

「だが、おまえも二回以上《神罰の杖》《ディヴァイン》を使ったことはないはずだ！」

「その通りよ、カノッサ公爵。……だってみんな、一度で十分だったんだもの」

フィオリアは《神罰の杖》《ディヴァイン》を一回しか使えない、わけではない。

ただ単に、二回も使う機会がなかっただけである。

「だから今日は特別サービス。全身全霊で貴方たちの奮闘を祝福してあげる」


《神罰の杖》《ディヴァイン》が放たれる。

魔竜は三十六回まで耐えたが、三十七回目で姿を消した。

次いで矛先はカノッサ公爵軍に向かった。

黄金の光が、大地を抉る。

何度も、何度も。


それはさながら流星群が地上に直撃したかのような光景であり――

世紀を超えて芸術家たちを魅了し続けるモチーフとなった。

このときのフィオリアを描いた作品は、枚挙《まいきょ》に遑《いとま》がない。

破壊と慈悲を司る、黄金の女神。

カノッサ公爵軍との戦いがきっかけとなり、彼女は後の世までそう語られることとなる。

慈悲。

フィオリアのどこに慈悲があるのか。

実のところ、この戦いにおいてフィオリアは誰一人殺していない。

《神罰の杖《ディヴァイン》》はゴーレムや泥人形たちを消滅させるばかり、あとはひたすら恫喝である。

当たるか当たらないか、ギリギリのところを掠めるばかり。

だがそれでもカノッサ公爵軍の戦意を奪うには十分だった。


ここに勝敗は決したのである。

＊　＊

カノッサ公爵軍は、もはや戦える状況ではなかった。

泥人形やゴーレムは壊滅。

傭兵や魔導師たちもすっかり戦意を失っており、その大半が降伏を選んだ。

反乱軍の総大将……オズワルド・ディ・トリスタンは戦列の最後尾から高みの見物を決め込み、

魔竜が倒されるや否や真っ先に逃げ出したが、《天駆の光翼《オラクル》》で追いかけてきたフィオリアに捕縛され、そのままヴィンセントの眼前に引きずりだされた。

「た、た、頼む、助けてくれ！　オ、オレはただ、少し魔が差しただけなんだ！」

オズワルドは手足を縛られてなおジタバタと暴れ回り、必死に命乞いを繰り返していた。


――二十年前と変わらないわね、オズワルド。

フィオリアとしては、ひたすらに興醒《きょうざ》めであり、ため息ばかりが零れてくる。

――順調なときは強気だけど、躓《つまず》くとすぐに化けの皮が剥がれる。つまらないわ。


もはや元婚約者に向ける情などカケラも残っていない。

ただ冷ややかな眼差《まなざ》しをオズワルドに向けるばかりである。

「たった一回の過ちじゃないか！　許してくれ！」

「私に毒を盛ったことは過ちに入らないの？」

「それとこれとは別だろうが！」

フィオリアとしては軽く疑問を投げただけのつもりだったが、オズワルドは顔を真っ赤にして激怒した。口から唾《つば》を激しく飛ばして罵声を浴びせかける。

「細かいことをゴチャゴチャ言うな！　よく考えろ！　たしかに毒を盛ったのも、反乱を起こしたのも、大きな意味じゃ過ちだ。けどな、反乱はまだ一回目だ！　ちゃんと細かいところまで見て文句を言え！」

「……最初と最後で言ってることが食い違ってるわよ」

処置なし、と言いたげに肩を竦めるフィオリア。

くるりと後ろを振り向いて、ヴィンセントに視線を飛ばす。

「助かりたいか、愚兄《ぐけい》」

フィオリアと入れ替わるように、ヴィンセントがオズワルドの前に出る。

「ヴィ、ヴィンセント！　お前はオレを見捨てないよな！　この世にたった二人の兄弟だもんな⁉」

「貴様と兄弟であることは、俺にとって最大の汚点だ。……だが、俺とて慈悲がないわけじゃない」

ヴィンセントはあくまで淡々とした調子のまま、部下に命じてオズワルドの縄を解かせた。

さらに、よく磨かれた剣を一振り、その手に握らせた。

「本来なら、俺と貴様は王位をめぐって争うはずだった。実現しなかった過去を取り戻させてもらう。――オズワルド・ディ・トリスタン。国王の座を賭けて、俺と決闘しろ」

「国王の座を賭けて……？」

ヴィンセントの提案があまりに唐突なものだったせいだろう、オズワルドはしばらく戸惑っていた。だが首を傾げているうちにやっと思考が追い付いてきたのか、「ああ！」と声をあげると、納得顔でポンと手を打ち鳴らした。

「つまり、テメエを殺せばオレが国王ってわけか！　いいぜいいぜ、やってやる。二十年前みたいにボコって、その首を刎《は》ねてやらぁ」

「……オズワルド、貴方、そんなことをしてたの」

二十年前と言えば、オズワルドは十六歳、ヴィンセントは七歳である。

当時十歳にもなっていない子供に対して、オズワルドは暴力を振るっていたのだろうか。

「おらああああああああああああっ！」

先に動いたのはオズワルドだった。

真正面から斬りかかる……と見せかけて、足元の泥を蹴りあげようとした。

泥でヴィンセントの視界を塞いで、その隙を狙って叩きのめすつもりだった。

「……二十年前からまるで進歩していないな、オズワルド」

オズワルドは目潰しを成功させるため己の爪先に全神経を集中させていたが、そのためかえって上半身ががら空きになっており――そこを狙って、ヴィンセントは斬撃を叩き込んだ。

キィン！　と硬質の音が響いて、オズワルドの剣が地面に叩き落とされる。

「ま、待て！　武器を落としただけだ、仕切り直しを――」

「決闘にそんなものがあると思うな。だから貴様は愚兄なんだ」

ヴィンセントは右手を剣から離すと、その拳をオズワルドの顎下に叩き込んだ。

ダァン、と激しい打撃音が響き、オズワルドの身体が宙に浮く。

そのまま頭から地面に落下し、気絶したまま動かなくなった。

「他愛もない。やはり玉座は俺のものだ。……処刑の日まで、薄暗い牢屋で過ごすがいい」

ふう、とため息を吐くヴィンセント。

その表情は、長年の負い目を払拭《ふっしょく》したからだろうか、とても清々しいものだった。

「お疲れ様、ヴィンセント」

決闘を終えたヴィンセントに、労《ねぎら》うような笑みとともにフィオリアは話しかける。

「そういえば、私、二十年前にアイザック王から二つ、特権を与えられているのよ」

いまから二十年ほど前のことになる。

行方不明のヴィンセントを保護した直後、内々ではあるが、フィオリアはアイザック王から二つの特権を与えられていた。

ひとつは、オズワルドとの婚約破棄権。

もうひとつは、次の国王の指名権である。

オズワルド、ヴィンセント、そしてフィオリア自身。

この三名から選ぶことになっていた。

「この決闘をもって結論を出すわ。フィオリア・ディ・フローレンスの名において、貴方をトリスタン王国の国王に指名する。胸を張りなさい。貴方は間違いなく、この国の王に相応しい存在になったのだから」

＊　＊

この時フィオリアとしては、ちょっと小洒落た言い回しでヴィンセントの勝利を祝ったくらいのつもりだった。

……しかしフィオリアは、彼女が思う以上の名声と影響力を有していた。

後にヴィンセント・ディ・トリスタンは、次のような文言《もんごん》で歴史書に刻まれることになる。

《黄金の女神に祝福されし王》ヴィンセント、と。

エピローグ

そうして今回の事件がひとまずの解決に至った後、フィオリアは、一度だけ、獄中のオズワルドと面会している。

「……オレを笑いに来たのか？」

「違うわ、貴方と話がしたいのよ」

すでにオズワルドの絞首刑は決まっている。

あとひと月もしないうちに、彼はこの世を去る。


——元婚約者として、最後に一度くらいは話をしておきましょうか。


フィオリアとしては義務に近いような気持ちで彼の牢を訪れた……のだが、オズワルドは何を勘違いしたのか、得意げな表情でこう語り始めた。

「ああ、なるほど。おまえ、まだオレのことが好きなんだな？　だから会いに来たってわけだ」

「……はい？」

「いいんだぜ、正直に言えよ。オレに死んでほしくないんだろ？　なあ？」

自信満々にそう言ってのけるオズワルド。

フィオリアは途中から話を聞く気力を失《な》くしており、醒めた視線を投げかけている。

「……知ってる？　魅力に欠ける男ほど、別れた女がいつまでも自分を好きでいると勘違いするらしいわよ。まあ、そもそも私たちは政略結婚。恋愛感情なんか存在しなかったのは、百も承知でしょうに」

「ぐっ……」

「オズワルド、貴方は牢獄の中で何をしていたの？　自分に都合のいい想像を弄《いじ》り回すばかりで、反省なんてひとつもしてなかったみたいね。この二十年で貴方という人間がどれだけ変わったのか、改めて見定めるつもりだったけど……」


……時間の無駄だったわ。


切り捨てるかのように冷たい一言。

それは、フィオリアからの死刑宣告だった。

「ま、待ってくれ！」

慌てたように叫ぶオズワルド。

「さ、さっきのは冗談だ！　ほら、いわゆる軽口ってやつだよ！　ちゃんと反省してる。悪いと思ってる。だからオレの話を聞いてくれ」

「何について反省してるの？」

「そ、それは……えっと、アンネローゼに浮気したことだよ！　おまえ、要するに嫉妬してるんだろ？　分かってる、分かってるさ」

「もういいわ」

これ以上は聞くに堪えない。

オズワルドは、自分がフィオリアに愛されていると思い込まずにいられないらしい。

都合の悪い話はすべて聞き流し、口からは妄想ばかりを垂れ流す。

害悪だ。

害悪でしかない。

「勘違いを抱えたまま絞首台に登りなさい。さようなら、オズワルド」

＊　＊

「疲れたわ……」

自室に戻った後、フィオリアは目を閉じて安楽椅子に身を沈めた。

「私、なんでオズワルドと面会しようだなんて思ったのかしら」

「責任を感じてらっしゃるからでしょう」

普段はまるで置物のような静かさでフィオリアの傍に控えている執事、レクス。

彼がめずらしく自分から話しかけてきた。

「責任？　何について、かしら」

「オズワルド様がああなってしまったことについて、です」

「そう、ね」

すこし遠い目をしながら頷くフィオリア。

「小さいころのオズワルドは、とても素直でいい子だったの。私のことを姉みたいに慕ってくれて、婚約が決まるまでは仲良しだったの」

「〝姉〟として〝弟〟にしてやれることがあったのではないか。お嬢様はそう思ってらっしゃるのですね」

「後悔しても今更だけど、ね」

フィオリアだっていちおう人間である。

オズワルドの死刑が近づいてくると、もはや愛想がつきた相手といえど、多少は心が痛む。

「貴女は悪くありません」

ポツリと、しかし、耳に届く確かな声でレクスは呟いた。

「オズワルド様がどうしようもないところに堕《お》ちたのは、あくまで本人の責任でしょう。決して、お嬢様が咎を覚える必要はない。……もしも罪と思わずにいられないのなら、オレが許します。貴女は悪くない」

「ふふ」

小さく微笑むフィオリア。

「貴方もずいぶんと偉くなったのね、レクス。私に対して『許す』だなんて」

「お気に召しませんでしたか？」

「ううん、新鮮だったわ」

「誰だって意外な一面のひとつやふたつ持ってるものです。……オレがお嬢様に想いを寄せていることだって、つい最近まで知りもしなかったでしょう？」

クスクスといたずらっぽく笑いながら、レクスがレモンティーを淹れる。

その香りを楽しみながら、フィオリアは無言でカップを傾けた。

＊　＊

「このたび、宰相に復帰することとなった」

数日後のことである。

夕食の前に、父、グレアム・ディ・フローレンスはそう告げた。

カノッサ公爵家の悪事が明るみになった後、芋蔓《いもづる》式であちこちの貴族が投獄されている。

おかげで若手が活躍できる場が増えたものの、彼らの経験不足だけはどうしようもない。

そこをフォローできる人材として、グレアムに白羽の矢が立ったのだ。

「……有望な若手だからといって、あまり無理難題を押し付けないようにしてください。お父様はすぐ調子に乗ってしまうのですから」

「それをお前が言うのか、フィオリア。……反乱軍との戦いについては、私も聞き及んでいるぞ」

グレゴリ平原。

王国軍とカノッサ公爵軍が衝突した地域は、現在、草の一本も生えない荒野と化している。

魔竜という強敵を前にしてテンションの上がったフィオリアが《神罰の杖《ディヴァイン》》を連発した結果、さながら世紀末のような風景に変わってしまったのである。……もっとも、光の魔力が高濃度に残留しているせいか魔物は出現せず、むしろ夕暮れ時には魔力の粒子がキラキラと輝くことから、一種の観光スポットとして知られ始めていた。

「やはりフローラに似ているな、お前は」

「また捏造の思い出話ですか」

「今回は事実だ。我が国の北端に、フィレンティア渓谷《けいこく》があるだろう」

「ヴァロア王国との国境ですね」

「あの渓谷を作ったのが、フローラだ」

それはフローラが情熱的なアプローチ《結婚しなきゃ頭を砕く》でグレアムの心を射止めた直後のことである。

かねてからトリスタン王国を狙っていたヴァロア王国は、フィレンティア山地（当時）を越えて奇襲を仕掛けてきた。

「フローラは喜び勇《いさ》んで飛び出していったよ。私に恰好いいところを見せたかったのだろうな」

自分自身への結婚祝いとばかりに大規模な破壊魔法を連発し、フィレンティア山地を渓谷に変えてしまった。

この母にしてこの娘、自然にやさしくない親子である。

「……胸が震えたよ。山を砕くほどの愛情を見せられた以上、こちらも生半可な男ではいられない」

当時のグレアムは、野心らしい野心を持っていなかった。

フローレンス公爵家を継いだあとは、もふもふの動物たちに囲まれながら領地でスローライフを送るつもりだったのだ。

しかし、フローラとの出会いがすべてを変えた。

グレアムはまるで別人のように豹変し、たった数年で宰相職にまで上り詰めた。

「やっぱり、お父様もお母様もおかしいですね」

「その娘がお前だろうに」

苦笑するグレアム。

宮廷では「氷の宰相」として恐れられている彼だが、最近、娘の前では柔和な表情を見せるようになった。

グレアムはときどき仔フェンリルらと遊んでいるようだが、それがアニマルセラピー的な効果を発揮しているのかもしれない。

「ところでだ、フィオリア」

「何かしら、お父様」

「宰相職へ復帰するにあたって、陛下からひとつの許可を貰っている。一匹だけだが、仔フェンリルを同伴しても構わないとのことだ」

「お父様、どれだけフェンリルが好きなんですか……」


この後グレアムは、九十九匹兄弟の四十九番目、チョコチョコをお供として宮廷に出仕することになる。

チョコチョコは名前の通りすばしっこく、宮廷内の書類運びに大活躍だった。

後に宮廷の使用人たちの間でアイドルのように慕われるのだが、それはまた別の話である。


さらに数日後。

フィオリアは、ヴィンセントからの呼び出しを受けて宮中に赴《おもむ》いていた。

「単刀直入に言おう。これはまだ極秘だが、来月、レガリア帝国の皇太子が我が国を訪問することになっている」

「あら、遠いところから随分とご苦労様なこと」

レガリア帝国は大陸北部に位置し、近年、急激な勢いでその版図《はんと》を広げつつある。

一方でトリスタン王国は大陸の南端に位置しており、両者の間には気が遠くなるほどの距離が横たわっていた。

「皇太子の婚約者たっての希望だ。トリスタン王国に行ってみたい、とな」

「ずいぶん物好きなお姫様ね。どんな子なの？」

「もともとは平民育ちらしい。最近になって男爵家の落胤なのが判明し、その家に引き取られた」

「……はい？」

フィオリアは首を傾げる。

ちょっと待って。

それ、どこかで聞いたことがあるのだけど。

具体的には二十年前の貴族学校。

「もともと皇太子には許嫁《いいなずけ》がいたようだが、少し前に婚約破棄している。その後、すぐに新しい婚約者ができたようだ。名前は――」

アンネローゼ、という。

番外編　彼が彼女に出会った日のこと

「私、荒事は大の苦手なのに」

男たちをさんざんに叩きのめしておいてから、フィオリアはぬけぬけと言い放った。

ゆっくり黄金色の髪をかきあげると、柔らかな日差しを反射して、キラキラとした輝きがあたりを照らす。その輝きは、冬の太陽よりもはるかに眩いものだった。

言葉とは裏腹に、凛とした横顔からは確かな自信と自負が漂っている。

「けれど喧嘩を売られたなら仕方ないわよね。運がなかったと思って諦めてちょうだい」


――そんな美しくも勇ましいフィオリアに、幼いレクスは見惚れていた。


まるで絵画に描かれる、気高い戦女神《いくさめがみ》のようだと感じていた。

眼が離せない。

鼓動が高まる。


この瞬間、レクスオール・メディアスは初めての恋をした。

そしてそれは彼にとって、生涯唯一の恋となった。

いずれ命の炎が消える最後の最後まで、今日のことを忘れはしないだろう。

＊　＊

それはフィオリアが領主代行に就任する以前、十五歳の冬のことである。

当時はまだ貴族学校の一年生であり、王都の女子寮で暮らしていた。

「じゃあ、ちょっと行ってくるわ」

フィオリアは休日のたび、王都のあちこちを見て回っていた。

ただそれは遊んでいるわけではなく、王妃候補として世の中の流れを知るための視察に近い。

「晩飯の時間までには帰ってきなよ」

「お姉様、気を付けて行ってきてください！」

フィオリアが女子寮を出ようとすると、カティヤやレオノーラ、そのほか多くの令嬢らが見送りにやってくる。

「今朝、クッキーを焼いてみたんです！　フィオリア様に食べて頂けたらなぁ、って……」

クッキーは焼き過ぎでほろ苦く、まるで毒でも入っているかのような味だったが、フィオリアは笑顔のまま一枚を食べきった。

だって、私のために作ってくれたものでしょう？

おいしくいただくのが淑女のありかたね。

「ごちそうさま。それじゃあ行ってくるわ」

クッキーの残りをドレスのポケットに入れると、フィオリアは花が綻ぶような笑みを浮かべた。

その仕草ひとつとっても匂い立つほどの色香であり、見送りの女生徒のうち数名は「はぁ……」と感嘆の息を漏らした。なかにはフィオリアの同級生だけではなく、上級生の貴族家令嬢さえ混じっている。

――《暴風の女帝》。

当時すでにフィオリアの二つ名は、貴族学校のみならず王都のあちこちに轟いていた。

前校長の不正を暴いたのを皮切りにして、貴族家のドラ息子の成敗、麻薬組織の撲滅……。

その活躍ぶりは数え切れぬほどであり、人々からは熱烈に支持されていた。

＊　＊

「フィオリア様、いつもありがとうございます。おかげでうちの商会も息を吹き返しまして、なんとお礼をいっていいやら……」

「別に大したことじゃないわ。私は少し口を出しただけだもの」

フィオリアが訪れたのは、王都の西区画にあるオード商会の本部だった。

応接室はなかなかに豪奢であり、さながら貴族の邸宅じみた雰囲気だった。

床の絨毯は赤いアラベスク模様が美しく、棚には東方産のつるっとした青磁《せいじ》が並んでいる。

いずれも高級品ばかりが揃っており、オード商会が好調であることを無言のうちに語っていた。

オード商会は東方との貿易を営んでいたが、一時期、経営難によって破綻寸前まで追い込まれた。

今年の春先、商会長のランツ・オードは借金を苦にして海へと身を投げようとした。しかし、偶然にもその現場でフィオリアに出会ったのだ。

――どうせ死ぬなら、私に商会を任せてみない？

十五歳の少女に商会の命運を託すというのは、普通に考えれば、マトモな判断ではないだろう。

だがランツは、自信満々かつ不敵なフィオリアの笑みに何かを感じ、彼女にすべてを一任した。

それからおよそ九ヶ月が過ぎ……みごとにオード商会は危機を脱していた。

「フィオリア様に出会わなければどうなっていたことやら……いまもアドバイスを頂いておりますし、いっそ会長職を譲ってしまえば、我が商会もさらに発展できるのでは、とも思います」

冗談めかした口調ながらも、ランツ・オードは真剣な表情だった。

丸顔にかけた丸眼鏡の奥、丸い瞳はまっすぐにフィオリアを見据えている。

このとき、ランツ・オードは五十五歳。

妻には先立たれて子供はなく、老境に差し掛かりつつある現在、商会の後継者というのはかなり差し迫った問題だった。

「冗談はよしてちょうだい」

だがフィオリアは軽い調子で受け流す。

「次の商会長は、貴方の部下から選ぶべきよ。しっかりと育ててあげなさい」

ソファに深々と腰掛け、頬杖をつき、出された紅茶を口にしながらフィオリアは悠然そのものといった調子でランツに言い聞かせる。

わずか十五歳でありながら、フィオリアはまるで一国の女王のような風格を漂わせていた。オード商会の職人のなかには、彼女を見るなり本能的に跪いてしまう者もいる。

「もちろん、何人かの部下はビシバシと育てております。ですが、もしものときはお願いしますぞ」

「そんな日が来ないことを祈っているわ」


……しかしこの三ヶ月後、ランツ・オードは病によって急逝し、ランツ自身の遺言と商会員たちの強い希望により、フィオリアが二代目の会長として就任する。

フィオリアは他にも数多くの貿易商と深い繋がりを持っており、十を超える商会を統合し新商会を設立する。それがグランフォード商会である。


「ところでフィオリア様、ドラク商会のことは覚えてらっしゃいますかな」

「ドラク商会？」

フィオリアはかたちのよい眉をひそめて考え込み、すぐに納得顔でポンと手を鳴らした。

「ああ、あのロクデナシたちのことかしら」

ドラク商会は、実のところまっとうな商会ではない。

その実態は王都の裏に巣食う最大の麻薬組織であり、東方から仕入れた薬物の売買により荒稼ぎをしていた。しかしながら半年ほど前、フィオリアの活躍（その本拠地と隠れ家すべてに対する《神罰の杖《ディヴァイン》》）によって組織は崩壊した。

……はず、なのだが。

「ドラク商会の残党が、フィオリア様の命を狙って動いているようです。お気を付けください」

「へえ」

紅茶のカップをテーブルに置くと、フィオリアは口元を綻ばせながら足を組み替えた。

すっと細められた眼は、愉悦《ゆえつ》の色を浮かべている。

「この私に復讐するつもりかしら。それは、とても、とても、楽しみね」

オード商会を出たあと、フィオリアはさらにいくつかの商会を訪れた。

いずれもフィオリアが以前に手助けした商会であり、破綻寸前からの復活を遂げている。

……このため後世の商人の中には、フィオリアを商業の神として崇める者も多い。

＊　＊

「あら、もうこんな時間」

馴染みの商会を回り終えたときには、もう、夕方に差し掛かっていた。

冬の王都は肌寒く、行き交う人々もさほど多くない。

馬車がフィオリアの横を通り過ぎる。

カラカラと乾いた車輪の音が、薄雲のかかった夕焼け空に響き渡った。

「寮の皆におみやげを買って、ゆっくりと帰りましょうか」

王都の、少し大通りから外れたところにフィオリア行きつけの菓子屋がある。

そこに寄るつもりでフィオリアは、薄暗い小路《こみち》に足を踏み入れた。

本来なら貴族家の令嬢がひとりきりで歩くような場所ではないが、そこはそれ、《暴風の女帝》フィオリア・ディ・フローレンスである。

すでにその名声（悪名？）は王都の裏にも轟き、真偽は不明だが、彼女が歩くだけでガラの悪い男たちがサッと姿を消すとか消さないとか……。

――事件は、馴染みの菓子屋そばの裏通りで起こった。

「助けて！　だれか助けて！」

フィオリアがT字路の角を曲がったところで、ダダダッと駆けてきた少年にぶつかった。

フィオリアは微動だにせず、むしろ、反動で倒れそうになる少年を片腕で抱き止める。

「わ、わ、わわっ！　ご、ごめんなさい！」

少年は、幼いながらも玲瓏な美貌の持ち主だった。

よほど焦っているのか栗色の髪は乱れ、首元には汗が浮かんでいるが、外見の麗しさは少しも損なわれていない。むしろある種の色気さえ漂っている。

肌は白く、まるで陶器のよう。

フィオリアは「まるでビスクドールみたいな子ね」という印象を持ったあと、ビスクドールって何かしら、と自分自身の言葉に疑問を覚えた。——この時、まだフィオリアは己が転生者であると自覚していない。

「おねえちゃん、たすけて！　このままじゃ僕、攫《さら》われちゃうんだ！　おまえは見た目がいいから、欲しがってるヤツがいる、って！」

少年は、その端整な顔立ちとは裏腹に、古びてほつれたシャツ姿だった。

おそらく貧しい育ちなのだろう。

「テメエ、待ちやがれ！　オレらを裏切ろうたってそうはいかねえぞ！」

「逃がすかよ、へへっ！」

少年の言葉どおり、二人組の男がこちらに駆けてくる。

片方は、細身のスキンヘッド。

もう片方は、筋肉質で短髪。

どちらも若い男だが、まるで盗賊のような悪人面《づら》だった。

「こうなりゃ仕方ねえ、ボコボコにしてボスの前に……ひえええええっ⁉」

「ボコボコにするだけじゃ足りねえ、キレイな顔をしてんだから楽しませて……のわあああっ⁉」

二人は少年を追いかけることに夢中だったが、フィオリアの姿に気付くなり、怯えたような表情で立ち止まった。

「フィ、フィ、フィオリア⁉」

「ど、ど、どどどど、どうしてっ、ここにっ⁉」

「……前に会ったことがあったかしら」

フィオリアは数秒ほど記憶を探り、ああ、と頷く。

「貴方たち、ドラク商会の人間ね。捕まったはずだけど、こんなところで何をしてるのかしら？」

黄金色の髪を優雅にかきあげて……風の魔法を発動させる。

勝負が決するのはあっという間のことだった。

たかだか男二人でフィオリアに勝てるわけがない。

一分もしないうちに、男たちはボコボコに腫《は》れ上がった顔で裏路地に倒れていた。

「他愛もないわね。ドラク商会の動きも知りたいし、人目のないところで拷《ごう》も……んじゃないわね。尋問《じんもん》でもしましょうか」

フィオリアはパンパン、とスカートの埃《ほこり》を払う。

額には汗ひとつ浮かんでいない。

余裕の表情である。

「おねえちゃん、ありがとう！」

栗毛の少年が、満面の笑みとともにフィオリアに抱きついてくる。

そして──


「──おねえちゃん、さよなら」

「──男たちは囮《おとり》で、貴方が本命なのでしょう？。なかなか面白い趣向だったわ」


少年の右手にはナイフが握られていた。

抱きつくように見せかけながら、フィオリアの腹を刺そうとした。

だがフィオリアはすべてを見抜いていた。

少年の刃を紙一重で躱す。

翡翠色のドレスの、その端がわずかに切り裂かれた。

ほぼ同時に、フィオリアの手が閃《ひらめ》く。

右手で、トン、と少年の首に手刀を落とす。

もしもフィオリアが本気だったなら断頭台の刃のごとく少年の首は落ちていただろうが、今回は全身全霊で手加減をしており、おかげで少年は気絶するだけで済んだ。

栗毛の少年は「やった、これで教会で暮らしているみんなも……」と呟きながらパタリと倒れた。

「……予想外ね」

地面に倒れ伏す少年の姿を見下ろしながら、フィオリアは感嘆のため息を漏らす。

少年のナイフを、完全に避けたつもりだった。

しかし実際のところはドレスを切られ、それどころか、浅くだが脇腹も傷つけられている。

ナイフには猛毒が塗られていたらしく、すでにフィオリアの身体を冒しつつあった。

……が、しかし。

「この程度で、私がどうにかなるわけないでしょう？　――《浄化の祝福《グロリアス》》」

暖かな光がフィオリアを包み、その猛毒を消し去っていた。


そのあと男たちを尋問してわかったのは、意外な真実。

どうやらドラク商会は、栗毛の少年を刺客としてフィオリアの命を狙っていたらしい。

「子供が相手ならあのフィオリアでも油断するだろう……」

という策だったが、結果を見ればこの通り、完全な失敗に終わっている。

男二人はというと、もともと少年の監視役だったとか。

「野郎、いきなり人殺しは嫌だとか言って逃げ出したんだ」

「追いかけてみたら、フィオリア、テメエがいるしよ……オレたちはまんまと囮に使われたんだよ」

さらに調べを進めてみれば、どうやらあの少年、かなり頭が切れるらしい。

ドラク商会の大人たちを逆に利用し、フィオリアの動きを完全に把握した上で、馴染みの菓子屋近くで待ち伏せる。いざフィオリアがやってくれば、仕事を投げ出したふりをすることで、監視役二人を囮として利用する。あとは無垢《むく》な子供のフリをしてフィオリアに近づき、グサリ！……という計画だったようだ。

「面白いわね、あの子」

周到な事前準備。

土壇場《どたんば》の度胸と演技力。

「なにより――」

少年の名はレクスオール・メディアス。

両親はおらず、同じような境遇の子供たちとともに、裏通りの貧しい教会で暮らしていた。

レクスオールはどうやら、教会の皆を人質に取られていた。らしい。

――おまえがやらなければ、他のガキどもがどうなるか分かっているだろうな？

――皆殺しだ。それか、爆薬を持たせてフローレンス邸に突っ込ませてもいい。

そのように脅されてしまえば、天涯孤独のレクスオールに打つ手はない。

仮にフィオリアの暗殺に成功したところで、自分は犯罪者として追われる身になるだろう。

だとしても、己が犠牲になれば教会の皆は助かる。

悲壮な決意のもと、レクスオールは刃を手にした。

やるからには徹底的に、容赦なく、確実にやりとげる。

万全の計画をもって、今回の事に臨んだようだ。

「まだ七歳だというのに、大したものね」

子供とは思えない計画力と実行力だが、この世界には時々、彼のような規格外の存在が生まれてくる。その筆頭こそフィオリアであり、ある意味、レクスオールは彼女の同類といえた。

「このまま手放すには惜しいわね、彼」

＊　＊

時を同じくして、王宮。

トリスタン王国国王アイザックは、第二王子ヴィンセントを私室に呼び寄せると、まるでとっておきの悪戯《いたずら》を思いついたような笑みを浮かべながらこう言い放った。

「ヴィンセント、おまえはおそらく、ボンクラのオズワルドよりもずっと優秀な王になるだろう」

このときヴィンセントはわずか五歳、アイザックとの関係はまだ崩壊しておらず、むしろ仲良さげに父親の膝上に乗って機嫌よさそうに身体を揺らしている。

「じゃあ、ボクが王さまなの？」

「さて、な？　愚者を王にしたほうが国はうまく回ることもある。たとえばオレを見るがいい。勝手極まりない暴君だが、おかげでグレアムのやつが馬車馬のように働いてくれている」

アイザック王は、グレアムの呆れたような嘆息を思い出し、フフ、と口元を綻ばせた。

「次の王をオズワルドにして、婚約者――つまり王妃にグレアムの娘を迎える。名前はフィオリアだったな、あれは、切れ者だ。……ヴィンセント、おまえの仲間と言ってもいい」

「ボクのなかま……？」

「世が世ならば英雄として名を残していたような人間だ。オレのような凡俗《ぼんぞく》からすれば、羨ましくも妬《ねた》ましい。……だからこそ、大きく羽ばたいてほしい。行ける者は、行けぬ者より先に進むべきだからな」

――持つ者は、持たぬ者を守らねばならない。

宰相グレアムの信条である。

それを若干ながら改変した言葉を、アイザックは己の信条としていた。

「おそらくオズワルドは操り人形に成り下がり、トリスタン王国はフィオリアのものになるだろう。それでかまわん。オレはそうなることを望んでいる。……だがヴィンセント、おまえにも大きなことを成し遂げてほしい。そのような人間に育ってくれるのなら、オレは満足して死ねる。もしかすると、おまえに殺されるかもしれんが、それはそれで素晴らしいことだ」

……この十二年後、アイザックはヴィンセントによって誅殺《ちゅうさつ》されることとなる。

あるいはこの時点で、彼はすべてを予見していたのかもしれない。

「さて、無駄話は終わりだ。――おまえはこの話をすべて忘れる」

アイザックはまるで撫でるような手つきでヴィンセントの頭を掴むと、すうっ、と目を細めた。

瞳に、酷薄な光が宿る。

「人の魂は苦難のなかでこそ磨かれ、眩い輝きを放つ。血反吐を吐いて汚泥《おでい》を這いずり回るがいい。オレの目論見を崩してみせろ。オレとオズワルドを殺して、フィオリアを手に入れてみせろ。あるいはそのほうが、ずっと面白い世界になるかもしれんからな。――《深き眠りの忘却譚《アムネジア》》」

それは古代に失われたはずの高位闇魔法である。

人間の記憶を操り、思い出せぬように封印してしまう。

……本人以外は誰も知らぬことだが、アイザックは闇魔法の使い手である。

今日の今日まで隠し通してきたし、これからも伏せられたままだろう。

そしてこの日を境として、アイザックは豹変したようにヴィンセントを冷遇し始める。

まるで別人のような振る舞いは、妻ベロニカと第一王子オズワルドを恐怖させた。

＊　＊

レクスオール・メディアスの目覚めは最悪だった。

「おはようレクスオール。ここはフローレンス公爵家の屋敷よ」

気が付けば天蓋《てんがい》付きのやわらかなベッドに寝かされていて、隣には肘置きのついた大きな椅子。

そこには、まるで全世界の女王であるかのように悠然とした姿で腰掛ける女の姿があった。

フィオリア・ディ・フローレンス。

レクスにとっては暗殺のターゲット。

彼女が生きてここにいるということは、つまり――

「オレは、失敗したのか……？」

「ええ。見事な手並みだったけれど、相手が悪かったわね。私はあの程度の毒じゃ殺せない」

「っ……！」

まるでこの世の理不尽に出会ったかのような、絶望の表情を浮かべるレクス。

悔しげに歯を食いしばると、ドン、と右手でベッドを叩いた。

「くそっ……これじゃあ、教会のみんなが……！」

「そうね。貴方は私を殺し損ねた。人質の子たちはどうなるやら。最悪、背中に爆薬でも括《くく》りつけられて、この屋敷に突っ込まされるかもしれないわ」

「――――！」

いままでずっと自分と一緒に育てられてきた孤児たち。

彼ら彼女らが無残に死んでいく姿を想像し、レクスは声にならない叫びをあげた。

衝動的に、ベッドから跳ね起きて、フィオリアへと飛び掛かる。

小さな手ながらも、その首を締め上げる……が、

「落ち着きなさい。私を殺したところで根本的な解決にはならないでしょう?」

フィオリアは顔色一つ変えず、レクスを諭す。

「もしも暗殺に成功して、屋敷から逃げ出せたとしても、貴方に未来はないわ。教会の子供たちを人質にされて、いいように使い潰されるだけよ。それでも構わないの?」

「……いいわけ、ないだろ」

レクスは七歳だが、その頭脳は明晰《めいせき》だった。

今後、自分がどうなってしまうかなど、とっくの昔に理解している。

「でも、他に方法はなかったんだ。オレひとりが犠牲になれば、教会のみんなは生きていられる」

「そう」

フィオリアは、ふわりと優しく微笑むと、首を締め上げるレクスの手に、自分の手を添えた。

「貴方はえらい子ね。とても頑張り屋さん。……本当に、大変だったわね」

「あっ……」

フィオリアの、大きな翡翠色の目に見つめられて、レクスの時間が止まった。

その神々しい輝きに見惚れるあまり、息をするのも忘れていた。

……だからフィオリアに抱き締められた時も、しばらく、何が起こったか分からなかった。

理解したら、今度はボンッと顔が爆発した。

あわわわわわわわわ、と七歳の子供らしい表情で狼狽《うろた》えるレクス。

フィオリアはそんなレクスの頭をぽん、ぽん、と撫でると、まるで慈愛の女神のようにやわらかな口調で語りかけた。

「安心なさい。もう大丈夫よ。貴方も、教会の仲間たちも、すべて私が引き受けるから。あとは任せておきなさい」


レクスが気絶してからおよそ丸一日が経過していた。

フィオリアに連れられて向かったのは、王都でも特に治安が悪いと言われる南区画だった。

「どこに行くつもりなんだよ」

「当然、相手の本拠地よ。予告状は送ったから、きっと万全の準備で待っているはずでしょうね」

「予告状？」

「貴方を監視していた男たちを縛り上げて、手紙と一緒に彼らのもとへ投げ込んでおいたわ」

「……すごいな、あんた」

「貴方も大差ないわ。七歳で人を殺そうだなんて、並大抵の覚悟じゃできないもの」

そんなふうに言葉を交わしていると、ふと、フィオリアが立ち止まった。

「……さて、そろそろいいかしら？」

「どうしたんだよ」

「囲まれてるわ。ひい、ふう、みい……ざっと数えて三十人かしら。かよわい女一人に、ずいぶんと手荒な歓迎だこと。……隠れていても無駄よ、さっさとかかってきなさい」

気付かれているなら遠慮は無用、とばかりに、裏通りの陰からぞろぞろと男たちが現れる。

いずれも物騒な雰囲気を漂わせており、刃物を構えているものも少なくない。

「か、勝てるのか？」

「さあ、どうかしら？　私はただの公爵令嬢だもの」

冗談めかした調子で肩を竦めるフィオリア。

結果は、順当と言えば順当なものだった。

「こ、これだけの数がいれば《暴風の女帝》だって……ぎゃあああああ！」

「たかが女一人だろ？　負けるわけが……うわあああああっ！」

「こうなりゃヤケだ、こんちくしょおおおお……ひいいいいいっ！」

四方八方から襲い掛かってくる暴漢たちをちぎっては投げ、ちぎっては投げ、フィオリアの活躍ぶりはさながら嵐が吹き荒れるかのようだった。

その姿はまさに《暴風の女帝》の名にふさわしい。

「私、荒事は大の苦手なの」

やがて男たち全員を、ピクリとも動かないほどに叩きのめしたあと――

フィオリアはぬけぬけと言い放ち、ゆっくり黄金色の髪をかきあげた。

柔らかな日差しを反射して、キラキラとした輝きがあたりを照らす。

その輝きは、冬の太陽よりもはるかに眩いものだった。

言葉とは裏腹に、凛とした横顔からは確かな自信と自負が漂っている。

「けれど喧嘩を売られたなら仕方ないわよね。運がなかったと思って諦めてちょうだい」

――そんな美しくも勇ましいフィオリアに、幼いレクスは見惚れていた。

まるで絵画に描かれる、気高い戦女神のようだと感じていた。

眼が離せない。

鼓動が高まる。

この瞬間、レクスオール・メディアスは初めての恋をした。

＊　＊

事件は、怒涛《どとう》の勢いで終幕へとなだれ込んだ。

フィオリアは、宰相の父グレアムを通して王立騎士団と連携を取っており、彼らと合流した後、ドラク商会残党の本拠地を包囲、一気呵成《いっきかせい》に攻め立てて組織を壊滅に追い込んだ。

構成員たちはひとり残らず逮捕され、厳しく罰を受けることになるだろう。

人質に取られていた教会の子供らも無事に解放されている。

「どうしてここまでしてくれるんですか？」

レクスはその白皙《はくせき》の美貌に疑問符を浮かべていた。

貧民街育ちの彼にとって、自分より年上の人間というのはみな利己的で、何をしようにも見返りを求め、迷惑を被《こうむ》ればずっとそのことを責め立てては相手から利益を引き出そうとするロクデナシばかりだった。

「オレは、あなたを殺そうとしたんだ。よくしてもらう理由がない」

「あるわ。貴方は自分を犠牲にして、教会の皆を助けようとした。その覚悟は、評価されるべきものよ。……もしも罪悪感を覚えているのであれば、私が許すわ。貴方は悪くない」

奇《く》しくもこの二十二年後、今度はレクスがフィオリアに対してこの言葉を吐くことになる。

――オズワルドがどうしようもないところに堕ちたのは、あくまで本人の責任でしょう。決して、お嬢様が咎を覚える必要はない。……もしも罪と思わずにいられないのなら、オレが許します。貴女は悪くない。

レクスは、あの日のフィオリアの言葉を、一言一句《いちごんいっく》違《たが》わず、ずっと覚えていたのだ。

「ところで、レクス。貴方はこれからどうするつもりなの？」

「どうする、って……」

当然、教会へと戻ることになるだろう。

大人たちが頼りにならないぶん、自分が、仲間たちの面倒をみないといけない。

だから当然、ここでフィオリアとはお別れだ。

自分は孤児で、彼女は公爵令嬢。

その道はもう二度と交わることはないだろう。

……それを思うだけで、レクスの胸は張り裂けそうなほどの痛みを覚える。

「レクス、私のところで働くつもりはないかしら？」

だからこそ、フィオリアのその誘いは、天からさしのべられた救いの手のように感じられた。

「貴方には見所がある。このまま貧民街で燻っているのは勿体ないと思うの」

「えっと」

本当なら、レクスはフィオリアの手を取りたかった。

それは、公爵家で働くこと、に魅力を感じただけではない。

フィオリアのそばにいたかった。


――けれど、オレがいなくなったら、教会のみんなはどうなる？


その思いが、レクスの足を引く。

本心とは裏腹の言葉が、喉から出そうになる。

「申し訳ありませんが、オレは……」

「貴方が来てくれるなら、教会のことも何とかするわ。……こちらで調べてみたけれど、教会の大人たち、ドラク商会とも繋がりがあったし、他にも後ろ暗いことをしていたようね。孤児たちはフローレンス領なり馴染みの商会なりで引き取るわ。安心してちょうだい」

まるで先回りするようなフィオリアの言葉に、レクスはもう、何も言えなくなる。

こうなれば答えなど決まっていた。

「……よろしくおねがいします、フィオリア様」

「お嬢様でいいわ。貴方は、私の付き人にさせてもらうから」

＊　＊

翌年、フィオリアは領主代行となり、フローレンス公爵領の改革に着手。

さらに翌年、オズワルドとアンネローゼによる毒殺未遂事件が起こり、フィオリアは昏睡状態に陥ってしまう。

それから二十年ものあいだ、レクスはずっとフィオリアのそばに在り続けた。

当然のことながらレクスはフィオリアの回復を信じていたが、もしも回復の見込みがなかったとしても、レクスはフィオリアから離れたりしなかっただろう。


フィオリアが目を覚ました後のことである。

戦勝セレモニーの数日前、フィオリアとレクスは王都の南区画を訪れていた。

「レクス、この曲がり角、覚えているかしら？」

「もちろんです。……オレが、初めてお嬢様に出会った場所ですね」

二十二年の時が流れ、白皙の美少年は、麗しさを残したまま玲瓏な青年へと成長を遂げていた。

「貴方が、私を不意打ちしようとした場所でもあるわね」

「あの時はしくじりました。……いまは、もう少しうまくやれますよ」

「ふうん、大した自信ね。だったら試しに――」

フィオリアが、左後ろに付き従うレクスのほうを振り向いた瞬間だった。

ぷに。

「ひゃ、ひゃひをふふの？　へふふ」

レクスの人差し指が、フィオリアの頬をつっついていた。

「お嬢様は敵意や殺気に敏感ですが、それ以外は人並みですからね。いたずらなら不意を打てます」

「ずいぶんと生意気な執事だこと」

「オレはお嬢様に娯楽を提供しただけです。ですが気を付けてください。二十年前のようなことがあったらと思うと、オレは……」

「レクスは心配性ね。大丈夫よ。このフィオリア・ディ・フローレンスに二度目はないから。それよりも、ほら、あの菓子屋、まだ残ってるみたい。買って帰りましょうか」

「お嬢様の仰《おお》せのままに」

フィオリアのそばで静かな笑みを湛えながら、レクスはひとり、内心で呟く。

教会の仲間を人質に取ったドラク商会の男たちを許すつもりはないが、ひとつだけ、感謝していることがある。

それは——

オレを、お嬢様に引き合わせてくれたことですよ。

張り合わずにおとなしく人形を作ることにしました。

著：遠野《とおの》九重《このえ》　イラスト：みくに紘真《こうま》

「私が乙女ゲームのライバルキャラ!?」

9歳のある日、前世の記憶を取り戻したアルティリア。彼女は魔法学院を舞台とした乙女ゲーム、『ルーンナイトコンチェルト』の噛ませ犬の公爵令嬢に転生していた。原作通りにいけば、待っているのは過酷な運命。

……って、せっかくの第二の人生、悲劇のヒロインなんてお断りだ！　だったら、原作から外れてしまえばいい。“自分にしかできないこと”より“みんなができること”が重視されるこの世界。ルート回避のために、世界でアルティリアだけが持つ力——布と糸でできたモノに命を与える力——人形魔法を極めてみせます!!

ネットで話題の乙女ゲーム転生ファンタジー、大幅加筆で待望の書籍化！

起きたら20年後なんですけど！　1

～悪役令嬢のその後のその後～

*本作は「小説家になろう」（http://syosetu.com/）に掲載されていた作品を、大幅に加筆修正したものとなります。
*この作品はフィクションです。実在の人物・団体・事件・地名・名称等とは一切関係ありません。

2017年12月20日　第一刷発行

著者 …………………… 遠野九重

イラスト …………………… 珠梨やすゆき
発行者 …………………… 辻 政英
発行所 …………………… 株式会社フロンティアワークス
〒170-0013　東京都豊島区東池袋3-22-17
東池袋セントラルプレイス5F
営業　TEL 03-5957-1030　FAX 03-5957-1533
アリアンローズ編集部公式サイト　http://arianrose.jp
編集 …………………… 末廣聖深
フォーマットデザイン …………………… ウエダデザイン室
装丁デザイン …………………… 鈴木 勉（BELL'S GRAPHICS）
印刷所 …………………… シナノ書籍印刷株式会社